登場人物紹介
CHARACTERS
トール
ユーフィ
メーリィ

ウェンズ
ハッラン
バストーラ
マテイコ
ダランディ
支部長

鎖《くさり》戦《せん》輪《りん》が宙を舞う。
トールが最小限の腕の動きで操る鎖戦輪は
赤い雷を散らしながら
龍のようにうごめいていた。
「……赤い雷のエンチャント、
ソロBランクの冒険者」
トールの特徴から正体に気づいた
ウェンズたちから余裕が完全に消え去った。
「――序列十七位、赤雷!?」

十年目、帰還を諦めた転移者はいまさら主人公になる 1

Author
氷純

プロローグ

「お客さん、金は足りてるんだろうね？」

バーのマスターが洒落《しゃれ》たグラスを下げながら、どこか心配そうに問いかける。

マスターの視線の先には二十代半ばの黒髪の青年がいた。見るからに冒険者だが清潔感があり、人目を引くほどではないが整った顔立ちをしている。

しかし、優男《やさおとこ》風ながらそこは冒険者だけあってよく食べるらしい。カウンター席に座り、店のメニューを高いものから順番に頼んですでに四皿を平らげ、まだメニューを眺めている。

黒髪の青年、輪鎖透《わさとおる》はすっかり慣れ親しんだこの世界の言葉で返した。

「先払い？　計算面倒になりそうだからまとめて支払うほうが楽なんだけど。あと、さっきのワインってどこのやつ？　結構おいしかった」

マスターの言葉に返しながら、財布に無造作に手を突っ込み、金貨を一枚カウンターに置く。

マスターがぎょっとした目を透に向けた。

「おいおい、物騒だから、そんな大金はしまっておきな。これからどれほど飲むつもりか知らないが、銀貨数枚もあれば足りるんだからさ」

「そうなの？　この辺りって農地はあったっけ？」

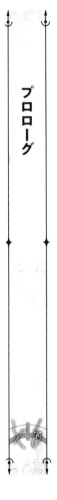

金貨を財布に入れて、銀貨を数枚カウンターに置く。

ファンタジーにおなじみの魔物に加え、この世界には体が半分機械化された魔機獣という脅威も存在している。

故に農耕地の維持が難しく、食費は町によって大きく変動する。それでも銀貨五十枚以上と換金される金貨は支払いとしては過剰だった。

マスターは不意打ち気味に出された大金が片付いたことに安堵《あんど》して、呆《あき》れた顔で透を見る。

「若いのに金を持ってるね。冒険者だろう？　儲《もう》かるもんなのかい？」

「そうでもないよ。でも、今日くらいはパーっと使おうと思ってね。ワインは？」

「フラーレタリア産のだよ。そう珍しいものではないが、良い香りだったろ？」

「あんまり詳しくないけど、すっと消えるのがいいね」

「ふむ。金があるならもっといいのを出そうか。『ブラッディ・アーケヴィット』って珍しいリキュールが入ってるよ。お客さん、ワイン四杯目だったろう。そろそろ趣向を変えたらどうかね？」

「じゃあ、それで」

悩む様子もなく、金額すら聞かずに注文を通した透はキノコと野菜の炒め物をつまみ始める。

棚から赤いガラスの瓶を取り出しながら、マスターが透に声をかける。

「今日くらいはパーっと使おうって言っていたが、何かの記念日かね？」

「ははっ、記念日か、そいつはいいな。記念日ってことにしよう」

「顔に出てないだけで酔ってるかい？」

「酒を飲んでるんだから酔うだろう。実際、記念日っていうのも的外れじゃない」

透は皮肉るようにくっくっと喉を鳴らす。

九年前、十五歳だった透は突然この世界にやってきた。

何の前触れもなく、唐突な異世界転移。

しかし、選ばれた勇者というわけでも、特別な力があるというわけでもなく、透は何の役割も持たない異邦人でしかなかった。

透からトールとこの世界風に名を改めて、地球に帰る方法を探し回った。

以来、九年の月日が経《た》つ。

「ちょっとさ、疲れちゃったんだ。だからもう、あきらめてしまおうと思ったんだけど、寝られなくてさ」

歳に似合わない疲れた顔で笑うトールに、マスターは気まずそうな顔をして、グラスに赤い色の酒を注《つ》いだ。

マスターはトールの他に客がいないのを確認して、『本日店じまい』と書かれた看板を手に取る。

店の入り口に看板を掛けたマスターはカウンターに戻ってくると、新しいグラスを出して酒を注ぎ、トールのグラスに軽く当てた。

「記念日なんだろ。祝う奴がいないのは可哀《かわい》そうだから、付き合ってやるよ」

「それはありがたいね。……この酒、結構きついな」

「だが、美味《うま》いだろ」

「あぁ、華やかないい香りだ。ハーブだよな、この香り」

「そう、上品で華やかないい香りなんだ。菓子を作るのにも使えるんだが、流通量が少なくてね」

「どこで作ってんの？　近くに寄ったら買っておきたいんだけど」

「それが、まったくわからねぇんだよ。いきなり市場に出回ったかと思えば、ぱたりと消える。しかも、何らかの取り決めでもあるのか、転売でもない限り値段は変わらないんだ」

「不思議な酒だな」

ちょっと親近感が湧く、と笑みを浮かべながら、トールは『ブラッディ・アーケヴィット』というらしいその酒を呷《あお》る。

あるいは、自分も次の瞬間にはこの世界から消えて地球に戻るかもしれない。そんな可能性も九年間で何度頭をよぎったか。

だが、グラスが空になってもトールは変わらずカウンターに向き合っていた。

マスターがトールのグラスに『ブラッディ・アーケヴィット』を注ぐ。透き通った赤い液体はろうそくの明かりに照らされるとまるで鮮血のように見えた。

「この町、ダランディの娼館《しょうかん》はいろいろ遊べるぞ。どうする？　おすすめの店を紹介してやろうか？」

「やめとくよ。どうにも割り切れない性分でね」

「ははっ、商売女に入れ込むのはまずいよな。若い奴にはよくあることだが、自分を知っているのはいいことだ」

そうじゃないんだよなぁ、とトールは内心でマスターの言葉を否定する。

この異世界、避妊はあてにならない。

商売女はそのリスクを承知の上とはいえ、トールは異世界に突然転移したように、いつ地球に戻るかわからない。

責任を取れないことはしたくない。ただそれだけの保身に似た感情だ。

しかし、とも思う。

九年が経ち、もう地球への帰還を諦めてこの世界に骨をうずめる覚悟をする。そのためにこの店に立ち寄ったのだ。

いままでの自分と決別するのもありかもしれない。

「……やっぱりないな」

トールはすぐに自分の考えを否定して、ナッツを頰張《ほおば》った。

マスターが席を立ち、カウンターでパンを切るとレバーペーストと一緒に出してきた。

「朝まで付き合ってもいいぜ？」

「マスター、なんでその人柄でこの店は人気がないんだ？」

「やかましいわ」

初対面とは思えない気安さで笑いあい、酒を酌み交わす。

しばらく、こんな時間を過ごしていなかったな、とトールは素直にマスターに感謝した。


バーを出るころにはすでに空が白み始めていた。

魔石を動力源とした機械、魔機の街灯も消えている。

パン職人はこの世界でも早起きで、通りの空気が香ばしい。

石造りの建物が並ぶ小通りを歩きながらトールはすっかり酔った足取りで、時折壁に手をついて体勢を立て直しながら歩いていた。

「くっ、情けなさすぎて笑えるんだけど」

半笑いで宿への近道になるだろう脇道にそれる。

数歩歩いて、何か硬いものを踏みつけた。

トールは足元を見て目を疑う。

路地裏に落ちていたのは一本の腕だった。

「ちょっ、猟奇的な落とし物ですね！　手袋じゃねぇんだぞ」

ふと思いついて、トールは腕を拾った。

おもむろにその腕を左手で支え、右手で握手する。

「路地裏で僕と握手！　誰やねん、お前！　クッソ、ウケる」

腹を抱えて不謹慎極まりないジョークを一人で披露する酔っぱらい、トールの目は抜け目なくその腕の材質を見ていた。

金属製の義手だ。

握手の時に気づいたが、ある程度は関節の自由も利くらしい。だが動きはぎちぎちと何かに引っかかるようでぎこちない。歯車のかみ合わせが悪いようだ。

魔機手、装着者からの魔力供給で稼働させる義手の一種だ。

しかし、何か違和感があった。

「――おい、そこの奴、その腕を返せ」

違和感の正体は何だろうと酔って散漫な頭で考えていると、路地の奥から声をかけられた。

ローブを羽織り、フードを目深にかぶって顔を隠した小柄な男が立っていた。

「その腕、オレのなんだよ。返せ」

「あぁ、すまない。ちょっと握手してたんだ」

「は、握手？　ちっ、酔っぱらいかよ」

小柄な男は面倒くさそうに左手で首の裏をかく。男の右腕は袖のたれ具合から見るに存在していないようだ。

「酔っぱらいだからって見下すのはよくないぜ。こうして落とし物を拾うくらいの常識があるんだからな。ほら、返すよ」

トールは魔機手を男に差し出す。

男はふんだくるようにトールから腕を取り上げると、細工がされていないかを確かめるように検分し始める。

トールは肩をすくめた。

「言っておくが、その魔機手の作りが雑なのは元からだろ。因縁はつけないでくれよ？」

まるで素人がパーツを作ったように、各部関節の動きが悪い魔機手を男は当然あるべき位置として右腕に装着した。

トールはあくびしながら男の動作確認作業を眺める。

一通りの動作確認が終わったのか、男はめくっていた右袖を直した。

これでもう用はないだろうと、トールは男の横を通って宿へ歩きだす。

「じゃあな。それと、冒険者ならもうちょっといいものを使ったほうがいいと思うぜ」

余計なお世話かもしれないが、それでもトールは心から忠告した。

魔物や魔機獣の討伐に命を懸けることを生業《なりわい》にする冒険者なら、質の悪い義手など寿命を縮めるだけだ。

「……必要ないさ」

男がぼそりと呟《つぶや》く声が聞こえた。

直後、トールはその場で素早くかがむ。

トールの頭上を金属の塊が通り過ぎた。ブンッと風を唸《うな》らせるそれは男が装着したばかりの魔機手だ。

死角から後頭部を狙う不意打ちを避《よ》けられるのは想定外だったのか、男は驚いたような顔をする。

トールは身を起こす勢いを乗せて裏拳を放つ。

男は後ろへ倒れ込むようにして、トールの裏拳を辛うじて避けた。

「くそっ、酔っぱらいのくせしていい動きしやがって」

「やっべ、吐きそう」

急な動きで腹の調子がおかしくなったのか、トールは少しばかり上を見て吐き気をこらえながら男に声をかける。

「なんだ、魔機手を雑な作りって言ったのが気に障ったか？　確かに無神経だなとは思ったけどさ。命が懸かってるなら言うだろ。それが優しさってもんじゃね？」

「んなことはどうでもいいんだよ！」

「どうでもいいなら殴りかかってくるなよ。なに、思い出の品だった？　彼女から贈られたの？　これで私のことを抱きしめられるね、的なロマンチックときめいちゃう品だった？　なら、その、マジごめん」

「本気で謝ってんじゃねぇよ！」

「えぇ、じゃあどうしろと？」

「死ね」

端的に告げられた要求に、トールは眉を顰《ひそ》める。

「もしかして、おたくも酔ってる？」

「一緒にすんじゃねぇ」

さっと左手で短剣を引き抜いた男が右手の魔機手で短剣の刃を隠しながらじりじりとトールとの距離を詰め始める。

間合いを測らせない構え方から、対人戦に慣れている様子がうかがえた。

だが、トールは武器を構えることもなく男の間合いを正確に測ってぎりぎり外に出られるように後退する。

男の顔が怪訝《けげん》なものに変わっていった。刃を隠しているにもかかわらず、トールが完璧に間合いを把握しているからだ。

「てめえ、何者だ？」

トールは男の問いには答えず、青くなり始めた空を見上げる。

「うーん。今日は記念日だからのんびりしようかと思ったんだけど、よく考えたら日付変わってるんだよな。捕まえて衛兵かギルドに突き出すのもアリな気がしてきた」

「――そこ、何をしている!?」

男の間合いから外れるべく後退しているうちに、いつの間にか路地裏から出ていたらしい。

町の治安維持をつかさどる衛兵の制服を着た二人組の男が、トールたち目掛けて走ってくるのが見えた。

それを見た魔機手の男の反応は早かった。

「今日のことは忘れろ」

吐き捨てるようにそう言って、その場でくるりと踵《きびす》を返すと路地を駆けていく。

身体強化をしているのか、なかなかに速い脚だ。

「忘れろって、今日はまだ始まったばかりだろ」

追いかけようかとも思ったが、吐き気がぶり返しそうだ。トールは衛兵に後を任せることにして、道を譲った。

「朝からお疲れさまです」

自分は被害者ですよ、とアピールするため衛兵に労《ねぎら》いの言葉をかけて見送った。

第一章　十年目の転移者と落ち物マニアの双子

第一話　十年目は厄日から始まる

ダランディというこの町は決して大きな町とは言えない。

人口はせいぜい二千人というところ。しかし、付近の村を合わせた食料自給率は三百パーセントを下回る年がないほど、食べ物が豊富な町であるらしい。

魔物や魔機獣という脅威が大手を振って歩いているこの世界において、広大な畑を維持していくのがいかに大変か。

町を守る役割を持つ衛兵が、畑を防備するのに冒険者がどれほど貢献しているのかを、滔々《とうとう》と講釈している。

トールは机に頬杖《ほおづえ》をついて反省の色がうかがえないむすっとした表情で衛兵の話を聞き流していた。

「だからだな、君たち冒険者は我々衛兵と同じく、人々を脅威から守る職業なのだ。その武力をケンカなどに使うのは言語道断！」

「あのさ、俺は一方的に襲われたの。過剰な反撃はしてないんだって。俺が反撃しなかったから犯人の男はぴんぴんしてただろ。あんたらの手を逃れるくらい」

「事実かどうかの話ではないのだよ。世間からどう見られるかの話をしている」

「あんたらが真実を大々的に公表すればいいだけじゃん」

「……ともかく、酔ってケンカをするのはやめていただきたい」

「いま話をそらしただろ。なんだよ、さては犯人に目星がついてるな？」

「これに懲りたら酒はほどほどに」

「あんたらが逆らえないほど武力を持ってるとは思えない立ち居振る舞いだったが、権力者って感じでもなかったしな。大規模団体の関係者、それも下っ端だろうな、あれは」

「詮索《せんさく》はなしだ！」

「へーい」

まるで納得していないトールは空《から》返事をする。

異世界に転移して九年、ようやく諦めてこの世界に腰を落ち着けようとした矢先にケチをつけられたのだ。面白くない気分である。

衛兵の詰め所を放り出されたトールは仏頂面で宿に向かう。

「なんだ、兄ちゃん、朝帰りかい。若いねえ」

宿の主《あるじ》がニヤニヤ笑って卑猥《ひわい》なハンドサインを送ってくる。腹が立ったので壁に向かってシャドーボクシングをしてやった。

「なんだ、元気があり余ってるのか。ますます若いね！」

「違うんだがなぁ。朝食はいまから食える？」

「かみさんが用意してるところだ」

厨房《ちゅうぼう》につながっているらしい奥の扉を指さした宿の主が椅子を引いて腰を下ろす。

奥から時折、薪《まき》が弾《は》ぜる音が聞こえてくる。続いて熱せられた油のぱちぱちという軽い拍手を思わせる音。

トールはテーブル席に着きながら、宿の主に声をかけた。

「帰りがけに珍しい落とし物を拾ったんだ」

「なんだい？」

宿の主が興味を惹《ひ》かれたように体を向けてくる。

トールは自分の右腕をポンポンと叩《たた》きながら言う。

「魔機手」

「あぁ、そいつは驚いたろう。落とし主は多分、『魔百足《まむかで》』っていう冒険者クランだろうね」

「へぇ、冒険者クラン」

予想以上に早く犯人にたどり着けた、とトールは忍び笑う。

冒険者クランとは、Bランク以上の冒険者パーティ、または序列持ちがその登録名のもと、拠点を定めて設立する十名以上の団体を指す。

都市によっては貿易路の確保を目的にして都市内に拠点を置いた冒険者クランに優遇措置がある。

「衛兵が手を出し渋るはずだ……」

トールは納得するが、襲われた理由がわからなかった。

クラン所属の冒険者が魔機手をちょっと馬鹿にされた程度で武器を抜くとは思えない。そもそも、クランは所属冒険者を支援する団体でもあり、作りの甘い魔機手を所属の冒険者に身につけさせたまま放置するのも考えにくい。

クランの財政が悪いのか、とも思ったが、それなら衛兵が手を出しあぐねるのはおかしい。

「その『魔百足』ってクランは有名なのか？」

「この町、ダランディでは有名だな。何しろ、所属の冒険者が軒並み魔機手や魔機足を身につけているから目立つんだ。ダランディの上層部から塩の専売権をもらってるウバズってでかい商会があるんだが、その商会と提携していてほぼ専属の護衛をしている」

「専売権持ちの商会の専属護衛って、勝ち組クランだな」

「そうだな。だが、ちょっと柄が悪いって話もあるから、あまり近づかないほうがいい。もめ事を起こしたと聞いたことはないが、魔機手や魔機足に触れられるのを極端に嫌がるらしい。商売道具だから無理はないかもしれんがね」

その商売道具を馬鹿にしたトールはそっと目をそらした。しかし、『魔百足』というクランの特徴を聞いた限りでは、粗雑な作りの魔機手を利用する理由がいまいちわからない。専門の技師に伝《つ》手《て》がありそうなものだ。

どうにも腑《ふ》に落ちない。

しかし、ダフンディを出てしまえばもう関わることもなさそうだ。しつこく命を狙われる事態になったらややこしいと思っていただけに拍子抜けである。

「それはそうと、お客さん。よければ小銭を金貨に両替してほしいんだが、いいかい？」

「それって客に頼むことじゃないだろ。両替商は？」

「ちょっと訳ありでね。旅人さんならもしもの備えに金貨を持ってたりするだろ？　頼むよ」

「まあ、いいや。金貨二枚でいいかな？　それ以上はかさばるから、俺みたいな流れ者にはつらいんだ」

「二枚もあるのか。ありがとう。助かるよ。徴税請負人の奴ら、銀貨や銅貨だと数枚ちょろまかすんだ」

「商売人は大変だね」

トールが財布を取り出すと、宿の主は感謝の言葉を口にしながら新品同様のクッズム銀貨を持ってくる。

魔物の牙と剣が交差する意匠が特徴的なクッズム銀貨は攻略済みのダンジョンを抱える都市国家、クッズムが発行する銀貨だ。数十年ものあいだ含有量が変わらない信用度の高い銀貨である。

トールは宿の主からクッズム銀貨を受け取り、日の光にかざして調べる振りをしてわずかに魔力を流した。偽貨《ぎか》の類《たぐ》いではないようだ。

「確かに。クッズム金貨二枚でいいか？　クラムベロー金貨もあるが」

「クッズム金貨で頼むよ。助かるよ」

クッズム金貨二枚を大事にしまう宿の主の背中を眺めていると、食事をもって宿の女将《おかみ》さんがやってくる。

えん麦の粥《かゆ》に目玉焼きと数種類のピクルスという質素なメニューだ。

「はいよ。これは宿泊料に含まれているから遠慮なく食べな。追加で何か欲しければ、メニューから選んでね」

「どうも」

昨夜、バーのマスターと散々飲み食いしたこともあり、追加のメニューを頼む気がないトールは粥に木の匙《さじ》を差し入れる。

胃に優しい素朴な粥を黙々と食べながら、今日にでも町を出ようと考えていると、宿に人が入ってきた。

自分以外にも朝帰りがいたらしい。ちらりと目をやると、その客と目が合った。

「あ、トールさん、ですよね？　ギルド支部長がお呼びです」

宿の客ではなく、トールの客らしい。

ギルド支部長というからには、冒険者ギルドのダランディ支部長だろう。

「……面識ないはずなんだけど？」

「なにか、直接依頼があるんだそうで」

トールを呼びに来たギルドの職員もトールを値踏みするように見る。

「あの、食事中でしたら、代わりにパーティメンバーをお呼びしましょうか？　お部屋はどちらです？」

「俺はボッチのランクBだ。パーティメンバーはいない」

ギルド職員がますます怪訝《けげん》な顔をした。

失礼だぞ、と内心で突っ込むトールだが、この手の反応には慣れている。

食事をさっさと食べきって、席を立つ。

流れ者の自分を呼びつけるのもそうだが、呼びに来た職員がトールについての詳細を知らされていないのも気になった。

面倒くさい依頼だろうな、とトールはうんざりした顔で宿を出た。

異世界生活九年と一日目は厄日らしい。

第二話

護衛の依頼

ダランディを囲む外壁のそばにある冒険者ギルド、ダランディ支部は意外とこぢんまりした建物だった。

それもそのはず、町の治安維持組織である衛兵とは異なり、冒険者はひとところにとどまることが少なく、仕事中は町を出払っている。必然冒険者ギルドの建物が混雑することはあまりない。

がらがらの建物の中に入り、トールは職員に先導されて支部長の部屋に向かう。

「Bランク冒険者、トールさんをお連れしました」

「入りなさい」

意外と声が若いな、と扉の向こうから入室を許可する声を聴いて思う。

支部長室に入ると、職員が一礼して立ち去った。静かに閉まる扉を無視して、トールは支部長を眺める。

革張りの椅子に座る支部長は声の印象とは違って六十過ぎの大男だった。ぎょろりと大きい三白眼をトールに向け、実力を測るようにまじまじと見つめてくる。荒くれ者の冒険者をまとめ上げるギルドの長だけあって衣服にまでどこか質実剛健さが溢《あふ》れている。

「Bランク冒険者トール氏かね？」

「そうだよ」

「ダランディに来た目的は？」

「目的？」

根なし草の冒険者をつかまえてわざわざ聞くようなことか、とトールは呆《あき》れつつ、来客用らしきソファに腰掛ける。

「観光だよ。今日中には出ていくつもりだった。用がないなら、いますぐにでも」

「『魔百足《まむかで》』とひと悶着《もんちゃく》起こしたというのは本当かね？」

「お？　耳が早いね。まあ、俺は相手が誰かもわからなかったし、一方的にケンカを売られただけだぞ」

「だろうな」

すんなりとトールの言い分を認めた支部長はにやっと笑う。人相の悪さも相まって、通報されそうな顔だ。

支部長は背もたれに体重を預けると、机の引き出しから財布を取り出し、中からクッズム金貨を三枚投げてよこした。

難なく空中で金貨を掴《つか》み取ったトールは真意を問う視線を支部長に向ける。

「依頼の前金か？　支部長が直々に？」

「事態が少々複雑だが、この依頼はダランディ支部長としてではなく、私個人で出すものだ」

「ギルド依頼にしちゃあ気前がよすぎると思った」

「それに見合う働きができるのだろう？」

「できると思ったから呼んだんだろ？　で、内容は？」

金貨を空中に弾《はじ》いて遊びながら、トールは抜け目ない目で支部長を観察する。

ダランディ支部長を務める男が昨日町に来たばかりのよそ者であるトールに直接依頼を出すのは怪しい。地元で活動する冒険者の方が信用できるはずだからだ。

信の置ける部下の一人もいないのなら、この依頼は蹴ったほうがいいとまで、トールは考えていた。

しかし、支部長は眉間を揉《も》むと難問に挑むような顔で話しだす。

「ウバズ商会という、ダランディを代表する大規模な商会がある。その前商会長はウバズをここまで大きくした立役者で、私の三十年来の友だったが、三年前に他界した。夫婦そろって、賊《ぞく》にやられた」

「三年前？　仇討《あだう》ち依頼にしては時間が経《た》ちすぎているな」

「早合点するな。今回の依頼は、亡き友の忘れ形見である双子の護衛だ」

トールは目を細めて支部長を睨《にら》む。

護衛依頼となれば、ますます信の置ける部下に任せたい案件のはずだった。

「怪しむのはわかるが、そう睨まんでくれ」

「おっと悪い。それで、なんでそんな依頼を流れ者の俺に出す？」

「ダランディには現在、Bランク以上の冒険者が『魔百足』所属以外に二名。どちらもなり立てだ。そして、今回の依頼は件《くだん》の双子が私に極秘裏に出してきたものでな。仮想敵は現在ウバズを仕切るハッランという胡散臭《うさんくさ》い男で、こいつが『魔百足』をウバズ専属に引き立てた」

支部長の話を聞いて、トールは合点がいった。

三年前に亡くなった両親の代わりに商会を仕切る男が引き込んだ冒険者クランが仮想敵。ずいぶんと流れが直線的で、両親の死に関わった賊にもつながりそうなきな臭い話だ。

「話が見えてきた。『魔百足』に対抗できる戦力の持ち主で、ウバズに首根っこ押さえられていない奴が俺しかいなかった。消去法か」

「不快にしたなら謝ろう。戦力的にもこれ以上の適任者は見つからないと思ったのだ」

「いや、選定基準が知りたかっただけだ。事情がわかれば納得だよ。その依頼、受けよう」

「いいのかね？　前金は渡したが、報酬の話はまだだろう？」

早々に依頼を受けると宣言したトールに、支部長が驚いて尋ねる。

トールは肩をすくめた。

「だって、これを受ければウバズ専属、『魔百足』のメンツが丸潰《まるつぶ》れだろ。商会専属の冒険者クランのくせにボッチBランクに仕事取られてやがるって後ろ指をさされるあいつらを笑いたいんだ」

「早くも依頼したことを後悔する台詞《せりふ》だな。護衛依頼なんだ。余計な軋轢《あつれき》は起こさないでもらいたい」

「支部長は大変だな。心にもないことを言わないといけないんだから」

「何のことかね」

支部長が悪い笑みを浮かべながら肩をすくめる。

支部長としても『魔百足』が騒ぎを起こせば支部長権限で調査の手を入れられる。それだけで護衛対象の仮想敵が減らせるのだから願ってもないことだろう。

トールは前金の金貨を財布に収める。

「依頼を受けると決めたんだ。もっと詳しい話を聞かせてほしい。仮想敵がウバズを仕切るハッランって男なら、なぜいまさら前商会長の子供を狙う？」

「狙うといっても命ではなく夫としての地位だ」

「……その子供、娘か？」

「そうだ。ハッランは前商会長の娘たちと婚姻し、名実ともにウバズ商会の長になりたいらしい」

単純に命を守るタイプの護衛ではなく、婚姻の阻止、場合によっては双子を連れ出して逃げろという依頼だった。

冒険者クラン『魔百足』がハッラン側についている以上、双子を連れて逃げるときには追っ手がかかる。しかも追っ手は、魔物や魔機獣を相手に戦う冒険者だ。並の実力では護衛対象を守りきれない。

お鉢が回ってくるはずだ、とトールは頭をかいた。

「既成事実を作られているって可能性は？」

「それはない。腐っても商会長の座を狙っているハッランは外聞を気にしている。だが、さすがに今後はわからん。双子が直接護衛を雇うのだから、ハッランも焦るだろう」

「その双子は婚姻を拒否して逃げる選択肢もあるはずだが、なぜ逃走を助けるんじゃなく、護衛なんだ？」

「本人たちに直接聞いてほしい。だが、まだ商会でやり残したことがあるようなのだ。彼女たちにとっては亡き両親が築いた商会をハッランの好きにはさせたくないのかもしれん」

これ以上の情報は支部長も持っていないようだ。

トールは連絡手段を相談して、立ち上がった。

「支部長も来てくれ。極秘の依頼ってことなら、あんたが顔つなぎしてくれないと依頼人が不審がる」

「あぁ、改めて、受けてくれてありがとう」

契約締結の握手を求める支部長も、この時ばかりは年相応の好々爺《こうこうや》然とした笑顔だった。

第三話

敵地のど真ん中

ウバズ商会は聞きしに勝る大規模な商会だった。

赤レンガ造りの洒落《しゃれ》た二階建ての建物で、一階入り口はガラス張りという豪華さ。

裏手には荷馬車や魔機車が出入りできるように巨大な倉庫が構えられている。

支部長と共に中に入れば、営業スマイルの従業員が音もなく現れる。

「ようこそいらっしゃいました。ご用件をうかがいます」

「ユーフィ嬢とメーリィ嬢に会いに来た」

一瞬、ほんの一瞬、商会のあちこちから敵意のある視線が向けられた。

トールはこの場で一番強そうな用心棒らしき右腕魔機手の女に笑顔で片手を振る。

「面会状はお持ちでしょうか？」

「このやり取りを何度やらされるのかね」

「規則ですので」

「これでいいな。では、入るよ」

支部長が面会状らしき薄い木のプレートを掲げて押し入ろうとすると、従業員は営業スマイルで道を譲る。

しかし、支部長の後に続こうとしたトールの前を遮るように従業員が腕を広げた。

「そちらの方は面会状をお持ちでしょうか？」

「支部長の護衛だよ」

「当店は安全ですので、面会状のない方は――」

営業スマイルの従業員がじろりとトールを睨《にら》みつけた瞬間、金属音が鳴り響いた。

従業員が音の出どころ、足元を見て硬直する。

そこに、従業員が懐に忍ばせていたナイフが転がっていたからだ。

「安全ねぇ？　誰かさんは信じてないようだけど？」

にっこりと笑うトールの言葉に、従業員はそっとかがんでナイフを拾う間に冷静さを取り戻す。

「失礼しました。しかしながら、規則ですので」

「だそうだ、支部長。本人たちに面会状とやらをもらってきてくれ。早めに戻らないと、護衛として救出しに行くからな」

「……すぐ戻る」

わずかに悩むそぶりを見せた支部長だったが、トールの飄々《ひょうひょう》とした態度を見て大丈夫だと判断したらしく、商会の奥へと入っていった。

トールは適当な壁際に立つ。

店内にいる用心棒らしき者たちは全部で四人。百足《むかで》と歯車が描かれたおそろいのワッペンを胸に縫い付けている。噂《うわさ》の『魔百足《まむかで》』だろう。

ざっと見た限り、今朝見たような粗雑な作りの魔機手を使っているのは二人ほど。

警戒の目があちこちから向けられている。用心棒の冒険者だけでなく、従業員の中にもトールを警戒する者がいるためだ。

敵はハッランと『魔百足』だけではないようだ、とトールは早くも面倒臭さにため息をつく。

双子とやらをさらって逃げたほうが早いのでは、と短絡的なことを考え始めていると、支部長が奥から戻ってきた。

「トール！」

周囲の目もはばからずに大きな声で名を呼んで、支部長が面会状を投げ渡す。

面会状を受け取ったトールは再度、周囲を見回した。

反応を見る限り、自分の名を知る者はいないらしい。

トールは面会状を従業員の鼻先に突きつけて支部長のもとまで歩き、共に奥へと向かう。

廊下の突き当たりを左へ曲がる。するとすぐ、二段高く設けられた右への廊下があった。

どうやら、廊下の先は居住スペースとなっているらしい。

「前商会長は従業員を家族のように扱っていた。その名残だ」

支部長が説明してくれる。

名残、というだけあって居住スペースは閑散としていた。

「なんか静かですねぇ」

「なんだ、そのしゃべり方。冒険者らしい口の利き方をしろ」

「支部長の護衛っぽく振る舞ってやろうって俺のやさしさだったんだけどな。ま、了解。で、従業員はどこ行った？」

「ハッランと衝突した従業員は軒並み解雇された」

「あらら、敵地のど真ん中で娘さんたちが精神を病んでないといいけど」

「そんな可愛《かわい》げのある娘たちではない」

「ん？　それってどういう――」

聞き捨てならない台詞《せりふ》に突っ込みを入れようとした瞬間、廊下の突き当たりの階段から一人の男が下りてきた。

痩身《そうしん》の神経質そうな男だ。インクで汚れた手を濡《ぬ》れた布で拭きながら、支部長とトールを見て警戒心をあらわにする。睨む目は陰気だがおどおどした様子はなく、むしろ頑固さが見えた。

「これはこれは、ダランディ支部長ともあろう方が随分とお暇なようだ」

「部下を信用して仕事を任せているのでね。そういうハッラン君は忙しそうだな」

支部長がやり返すと、痩身の男は濁った目に明確な敵意を宿した。

こいつがウバズ商会を取り仕切っているハッランか、とトールは顔を覚えておくべく目を向ける。

ハッランは視線に気づいてトールを見ると、すぐに嫌味《いやみ》な笑みを浮かべた。

「見たことのない冒険者ですね。最近、ダランディにいらしたので？」

「あぁ、その通りだ。支部長とは親父の代からの付き合いでね」

「……そうでしたか」

うっそでしたー、とネタばらししたらどんな顔をするかな、と少し興味が湧いたが、トールがネタばらしする前にハッランはさっさと店舗スペースへ歩きだした。

ハッランが下りてきた階段を上り、廊下をさらに奥へと進んだ突き当たりが護衛対象である双子の部屋らしい。

支部長が部屋の扉越しに中へ声をかける。

「私だ。例の依頼を請け負った冒険者を連れてきた」

「――ちょい待ち」

すかさず、トールは支部長の肩を掴《つか》んで後ろに押しやった。

抗議の目を向けてくる支部長を無視して、トールはドアの前に立って中に声をかける。

「その弓矢、下ろしてくれるか？」

トールが明確に、ドアで閉ざされて見えない部屋の中へ呼びかけると、中で物音がした。

トールは小さく頷《うなず》く。

「ありがとう。職業柄、武器を向けられたままだと制圧に動かないといけなくてな。開けてくれるか？」

トールが支部長の代わりに再度頼むと、中から声が応じた。

「いま開けます」

返ってきたのは少女と呼んでもいいような若い女性の声だ。

数秒の間の後、鍵が外れる音がして扉が開かれた。

ドアノブを両手で包むようにして持ちながら顔を覗《のぞ》かせたのは金髪の少女。年齢は十五歳くらいに見えるが、落ち着いた雰囲気のせいか年齢がいまいち掴めない。透明感のある深い青の瞳が無感動にこちらを捉えていた。初雪のような白い肌に薄い桃色の唇が一文字に引き結ばれている。警戒しているのだろう。

前商会長の娘というだけあって流行に敏感なのか、昨今見かけるようになったゆったりとした厚手のロングスカートをはいている。縫い目を隠す目的の刺繍《ししゅう》は主張しすぎない質素な花柄。

丁寧に編み込まれた金髪もあわさってセンスがいい良家のお嬢様といった娘に見えるが――トールの目を引いたのは開かれた扉の奥にいるもう一人の少女が構える引き絞られた小型の弓の方だった。

いまでこそ狙いは床に向いているが、もし、この場に立っているのがハッランだったなら、ためらわず狙いをつけなおして矢を放っただろう。

少女と目が合う。

「動じませんね。合格」

「そりゃどーも」

確かに可愛げがないな、とトールはうんざり顔の支部長を横目で見る。

「護衛が必要か？」

「必要、なはずだ」

断言しろよ、とトールは苦笑した。

第四話　転移者の悩み

見れば見るほどそっくりな双子だった。

一卵性双生児らしく顔は一緒。服装や髪形も変わらない。それどころか、この双子は仕草まで完璧に同じだった。

なお、弓を構えていたほうが姉のユーフィ、扉を開けたのが妹のメーリィとのことだったが、トールはすでに見分けがついていない。

「――で、あなたは強いの？」

二つの口から全く同じ響きとイントネーションで発せられた疑問の声。ステレオ放送か、と突っ込みを入れたくなるほど何もかもが同じだった。

「支部長が直々に依頼するくらいには強いぜ？」

「……トールさんはBランクの冒険者ですよね？　『魔百足《まむかで》』は下っ端はともかくBランクのパーティが中心になったクランですよ？」

ユーフィとメーリィが疑いの目を向ける。

「冒険者ギルドにおけるランク制度には昇格条件が設定されているんだ。Bランクの昇格条件は武装に魔力を通す、いわゆるエンチャントが可能であること。戦闘技術ではあるが、戦闘能力ではない。つまり、同じBランク冒険者でも戦闘力にはかなりの開きがある」

「でも、強ければAランクになるはずですよね？」

「Aランクの昇格条件は五人以上のパーティで、かつBランク以上の冒険者で構成される集団であり、相応の実績を上げた者たち、というものだ。強ければいいってものじゃない」

Aランクの冒険者に割り当てられる依頼には複数拠点の防御など、頭数をそろえなくては達成困難なものが多い。

トールがBランクにとどまっているのも、パーティを組まないソロでの活動が主だからだ。

双子から真偽を問うような視線を向けられた支部長が頷《うなず》いた。

「そもそも、ランク制度はギルドが冒険者に割り振る依頼を適切に処理できるようにするためのものだ。冒険者個人やパーティの能力別でいうのなら、序列という五十番までランキングしたものがある。こちらは公表されているだろう」

「そういえば、Bランクでも序列入りしている冒険者もいましたね。『赤雷《せきらい》』とか、『百里通し《ひゃくりとお》』、

『俯瞰《ふかん》』とか。特に赤雷と百里通しはAランクパーティに匹敵するほど強いと聞いたことがあります」

双子の言葉にトールは知り合いを思い出して複雑な顔をする。

冒険者序列十九位、百里通しのファライとは面識があった。手のひら大の隙間《すきま》があれば数キロ先から狙撃が可能という凄腕《すごうで》の魔機銃の使い手だが、その性格が陰険かつ執念深い。以前、ギルドの手違いで討伐依頼がかぶってしまい、先に獲物を仕留めてしまったトールを逆恨みしているのだ。

支部長の言葉には信を置いているのか、双子は納得したようにトールを見た。

「トールさん、もしかして友達がいませんか？」

「いないいな。少なくともパーティは組んでいない」

「ボッチのBランク」

「ボッチって自分で言うのならギャグだが、人に言われると罵倒《ばとう》になるんだぜ？」

「これは失礼しました。信念を持ってボッチを貫いていらっしゃるのかと思いました。まさか、人格的な問題とは思わず」

冗談か本気か。双子はすまし顔で謝罪と追い打ちの言葉を器用にこなす。

なかなか頭の回転が速い娘たちだと、トールは内心面白がっていた。

双子が話を戻す。

「今回の依頼に必要なのは私たちを守りきれる能力であって、頭数ではありません。正式に依頼します。私たちを護衛してください。期限は無期限。あまり長くは拘束しませんけれど、十日前後は覚悟してほしいですね」

「前金もらっているからどのみち護衛はするつもりだ。それで、夜はどうする？」

「一晩中、私たちのそばにいてください。この部屋に入ってくる者は誰であれ、排除すること」

「了解」

夜は別の女冒険者でも雇っているかと思っていたが、トール一人だけらしい。

本格的に味方がいないようだ。

ボッチはどっちだと言いかけて、相手は双子だと思いいたる。

家族っていいな、と内心で茶化した。

双子が手を差し出してくる。一人が右手、もう一人が左手だ。握手を求めているらしい。トールが両手を差し出すと、双子はそれぞれの手で握手を交わした。

トールと双子が握手したのを見届けて、支部長が立ち上がる。

「では、後を頼んだ」

「頼まれた」

双子の部屋を出ていく支部長を見送って、トールはポケットから商売道具を取り出す。

双子が興味を惹《ひ》かれたように身を乗り出した。

「なんですか、それ？」

「見ての通り、手袋だ」

「金属製なのに？」

「防寒具じゃないからな」

トールが両手にはめるのは細かい鎖でできた金属製の保護手袋だ。見た目に反して軽量で関節の自由度も高い。

「敵を殴るの？」

「室内なら殴ったほうが早い」

鎖手袋をはめたトールはいざというときの避難経路の確認も兼ねて部屋を見回す。

二階の角部屋に当たるこの部屋は双子が使うことを想定して広くなっており、窓は北に取り付けられている。

南側には廊下に続く扉があり、西側の壁は本棚に覆われていた。東側の壁には扉があり、その向こうは簡易の浴室と物置に分かれているという。

棚の本の表紙に見慣れたものを見つけて、トールは思わず表題を口にする。

「高校化学？」

双子の部屋の本棚に並んでいたのは日本語で書かれた学習教材や英語雑誌などだった。こちらの世界での発行物の方が少ないくらいだ。

双子は左右に首をかしげる。

「トールさん、落ち物の文字が読めるんですか？」

「トールさん、落ち物に興味があるんですか？」

双子が初めて別々の言葉を口にした。

落ち物。トールと同じく、異世界にその起源を持つ生き物や品のことだ。

トールは双子の質問に同時に答える解を見つける。

「俺自身が落ち物だ」

「おぉー」

双子が瞳を輝かせて拍手する。

一人が立ち上がり、トールの周りをゆっくり回ってあらゆる角度から観察し始め、もう一人が本棚に駆け寄って数冊の本を抜き取って戻ってきた。

「どっちがユーフィで、どっちがメーリィなんだ？」

「私がユーフィ」

「私がメーリィです」

「同時に話すな」

「はーい」

軽い返事をしたのはトールの周囲を回るほう、こちらがユーフィらしい。

棚から取ってきた本の表紙を掲げてトールに詰め寄ってくるのが妹メーリィだ。

「護衛中はどうせ暇でしょう。読み方を教えてほしいです。この字がわからないので」

メーリィが押しつけてくる本の表紙を見て、トールは眉を顰《ひそ》める。

「旧漢字なんか読めるか。こちとら高校中退だぞ」

九年前、異世界に転移したときのトールは高校一年生だった。

「予想だけでも構いません。落ち物のあなたの感覚で読んだほうが私たちよりも正答率は高くなるはず」

「といってもなぁ。えぇと有機合成化學協會誌《ゆうきごうせいかがくきょうかいし》、かな？」

案外、前後の文字から推測できるもんだな、とわがことながらに感心できたのは最初だけ。

メーリィの求めに応じて中途半端な暗号解読じみた作業を始めて数分後、九年ものあいだ現代科学とは無縁だった頭が熱を出し始めた。

「俺は護衛だ。国語教師でも英語教師でも化学教師でもねぇんだよ。業務外だ、これは」

「でもトールさんは落ち物だから復習しておくと役に立つかも」

「役に立たないと断言できる。俺は地球に戻るのを諦めたんだ。それもつい昨日のことなんだよ。いまさら英単語の意味を知っても役に立たないわけ。英科学雑誌が読めても役に立たないわけ！」

「でも、学ぶことは面白い。そうでしょう？」

「俺は勉強が嫌いだ。義務ならともかく、やらなくていい勉強はしない。そもそも、お前ら双子は俺よりも英語を読めているだろ？」

俺に読ませる意味があるのか、と核心をついて、トールはため息交じりに手近に放置されていた英和辞書を取る。

よくぞこれほど落ち物の本を集めたものだ。

異世界から迷い込んだ物品だけあって希少価値が非常に高く、購入しようとすれば写本であっても金貨が数枚飛んでいくのがざらだ。簡単に読めるものではないから市場規模は大きくないものの、専門的に研究する都市もあるほどで、収集するには相応の財力が必要となる。

さすがこの町を代表する大規模商会の娘たちだけある。

「……トールさんは地球に郷愁がない？」

トールの髪を弄《いじ》っていたユーフィが透き通った青い目でトールの心中を見抜いた。

「何の話だ？」

とぼけてみせるが、ユーフィは引き下がらなかった。

「本棚を見て、旧文明関係の本の在処《ありか》を尋ねなかった。帰還を諦めても、ヒントになりそうなものがあれば気になるはず」

旧文明、異世界の資源を目当てに異世界の門を開き、逆襲にあって滅亡したとされるこの世界の文明だ。いまだに遺跡が各地に残り、町を覆う結界は旧文明時代に理論が作られたとも聞く進んだ文明だった。

現在、この世界を跋扈《ばっこ》する魔物は異世界から来たものだという。旧文明の負の遺産と位置付けられているが、トールが地球への帰還を目指すのなら旧文明が開いた異世界の門は参考になると考えられた。

双子の豊富な蔵書を見て、一切触れようともしないのは地球への郷愁がないから、帰れなくても構わないと思っているからだという推測は正しい。

図星を突かれて、トールは英和辞書を机に置いて力なく笑う。

「そりゃあ、九年もこの世界にいればな。思い出だって色褪《いろあ》せるもんだろ」

「でも、トールさんはこの世界にも愛着がありませんよね」

メーリィが本から顔を上げて、指摘する。

ドキリとして、トールは居心地の悪さから視線をそらした。

双子の透き通った深い青の瞳は、心の奥底深くを見透かしているようだ。それが二対、こちらにまっすぐ向けられている。

あまり気分のいいものではなかった。

答えるまで双子は視線を外さないようだ。

トールは苦い顔で口を開く。

「落ち物ってどんな風にこの世界に来るか知ってるか？」

「いいえ、知らないです」

無理もない。トールも、自分以外に意思疎通ができる落ち物と出会ったことはないのだ。

第五話 双子の特性

「俺の時は、一人暮らしの家の玄関をくぐったらこの世界の森の中だった。直前まで向かいの家の塀が見えていたのに、一歩踏み出したら森の中。振り返っても家はおろか玄関扉もない」

神様が現れて、あなたは死亡しました、転生してね、なんて説明してくれない。得体《えたい》の知れない大掛かりな魔法陣の上に立っていたわけでもない。

瞬《まばた》きする間もなく唐突に、異世界に立っているのだ。

「この世界に来たときと同じように地球に戻るかもしれない。いつだって足元が不確かで、この世界にいつまでいられるかもわからない。愛着なんて持てねぇんだ」

もっとも、とトールは続ける。

「十年目を迎えた昨日、心機一転してこの世界で死ぬことを前提にすると決めたけどな」

トールの宣言に、双子はぱちぱちと数度瞬きする。

「それでもまだ、不安は解消されていない」

「……指摘すんなよ。意識しちゃうだろうが」

冗談めかして言い返すトールの声に本気の色を読み取ったのか、双子はそれ以上、話を続けなかった。

双子の護衛を始めて半日、トールは双子の見分け方がまたもやつかなくなっていた。

特に問題が起きるわけでもなく、トールは見分け方を探すべく二人を観察する。

さっぱりわからない。

魔機の時計が昼時を知らせると階下が騒がしくなった。

「従業員がお昼休憩を取り始めたようですね」

「この建物、食堂まであるのか」

「えぇ、両親が死ぬまで、ほとんどの従業員は食堂で食べていました。いまは外で食べる者が大半」

双子の言葉通り、喧噪《けんそう》の中心は階下から外へと出て、商館の裏手の通りに移って各方向へ散らばっていく。

窓から下を覗《のぞ》いて従業員が散らばっていくのを見ていたトールは双子を振り返る。

「二人は何か食べないのか？」

「いまはいりません」

「そうか」

双子の一人はダブルベッドの上でパラパラと書籍をめくっている。もう一人は机の上に広げた紙に何やら絵や文字を書いていた。

どうやらこの双子、日本語、英語、ドイツ語がある程度理解できているらしい。

他にもトールが知らない、こことは別の異世界の書籍まで読めるというから驚きだ。

「落ち物の研究者がこちらの言語に翻訳して単語辞書を作っています。あまり記載されている単語は多くないですけど」

「トールさんがいれば、読み進めやすいです。意外な掘り出し物ですね。護衛の仕事が終わっても継続雇用したいくらい」

「物好きってのはどこの世界にもいるもんだな」

地球にいたころは勉強があまり好きではなかったトールは、双子に感心しつつも得体《えたい》の知れないものを見るような目を向ける。

護衛対象に向けるべき視線ではなかったが、双子は慣れっこな様子でページをめくり、時々トールに読み方を質問してはフリガナを振っていく。

トールは何となく、地球にいたころの学校の図書室を思い出していた。

もっとも、学校の図書室とは違って双子はお世辞にも行儀がいいとは言えなかった。一人はダブルベッドにごろりと横になって書籍をめくり、もう一人は椅子の上で片膝を立てて座って紙にペンを走らせている。立てた片膝の上に器用に辞書を広げていた。

もはや双子のどっちがユーフィでどっちがメーリィなのかわからなくなっていたトールは、椅子に座っているほうに声をかけられた。

「読めますか、この文字？」

落書きと思《おぼ》しき妙に緻密な鳥の絵の横に書かれた文字を見て、トールは答える。

「こうぎょく、ルビーかリンゴかは前後の文脈によるな」

「リンゴ？」

「リンゴの品種に紅玉ってのがあるんだ」

「そうですか」

不思議そうな顔をして、双子の一人は紅玉の横にルビーとフリガナを振る。

そこでふと、トールは違和感を覚えて紙に書かれたすべての文字を眺める。

鉱石や宝石の名前ばかりだと気づいて、ベッドの上ではしたなく寝転がっている双子の一人が読んでいる本に目を向けた。

ベッドの上の双子の一人は、視界の外にいるはずのトールに向けて本の表紙を掲げる。

表紙には美しい鉱物がわかる本と書かれていた。

本から視線を外した双子の一人がトールを見てにこりと微笑《ほほえ》みかける。

「気づいたみたいですね」

「いや、違和感はあるけど何も気づいてねぇよ」

「案外察しが悪いですね」

「馬鹿なんだよ。悪いか」

「愚かであることは悪くないです。愚かでいることが悪いんです」

辛辣《しんらつ》な言葉を投げられてむっとしたトールは、あまり自信がない予想を口にする。

「双子で視界を共有しているのか？」

読めない文字をあらかじめ本から抜き出しているのなら、トールに対して小出しで質問するのは非効率で、片方が該当の本を読んでいるのもおかしい。

そう思っての予想だったが、もう一つの可能性もトールは考えていた。

「あるいは、思考を共有している」

「すごい。トールさん、決して愚かではないですね」

「ちなみに、なぜ思考を共有していると思いましたか？」

「この半日、お前らの間で言葉が一切交わされていない」

双子がそろって、笑みを浮かべた。

「大正解」

「私たちは生まれつき、思考を」

「共有しています。幼いころは自我があいまいで体が二つあるような」

「感覚でした。いまは思考の住みわけができていますし、それぞれに」

「自我もありますけどね」

双子は互いの台詞《せりふ》を引き継ぐようになめらかに話していく。

つまるところ、ベッドで寝転んでいたほうが本を読みつつ、読めなかった単語を椅子に座っているほうが紙に書き起こしてトールに尋ねていた、というのが真相らしい。

体がもう一つあったら、という子供じみた夢を現実にした存在。それが目の前の双子なのだ。

この双子の特性は非常に高い利用価値があることに、トールはすぐに気づく。

「その思考共有は互いがどれくらい離れたら機能しなくなる？」

「町の端から端まででも共有していましたよ。それ以上は検証不足」

「つまり、双子を通せば離れた場所での連絡が可能になる？」

双子ができのいい生徒を見るような目でトールを見つめてくすくす笑う。

「ふふっ、情報の速度と確度は商売人が最も気にするところですよ」

「ハッランが何でお前ら双子を追い出したり殺さないのかわかったよ」

ウバズ商会を乗っ取ることが目的なら、別に双子と婚姻する必要はない。双子を追放、または暗殺するという方法もあったのだ。

ハッランがただの小心者という可能性もあったが、一階の閑散とした生活スペースを考えれば、必要とあらば躊躇《ちゅうちょ》はしないだろう。

双子もそう思ったからこそ、トールを護衛に雇っている。

「理由は他にもありますけどね」

「ハッランは愚かでいますから」

双子が冷たい目で階下を見る。

しかし、すぐに切り替えて両手を合わせて、トールに楽しそうな目を向けた。

「落ち物のトールさん、変わりもの同士仲良くしましょう？」

「仕事上の関係だ。仲良くする必要はない」

「いいじゃないですか。私たちはあなたに興味があります。手始めに、学校ってどんなところでしたか？」

「日本出身？」

「自動車の乗り心地は？」

「テレビゲームというものについて詳しく」

「インターネットってなんですか？」

「日本食の要《かなめ》、出汁《だし》とは？」

「カップラーメンを食べたことはありますか？」

自分たちの秘密を明かしたのだからそちらも明かせとばかりに、双子が次々質問してくる。

護衛として二人から逃げられないトールはため息をついて、降参だと両手を挙げた。

「質問は一つずつ頼む。こっちは頭も口も一つしかないんだ」

双子からの質問は日が暮れても途切れなかった。

何しろ口が二つあるのだ。質問のしすぎで喉が渇いても、一人が水を飲む間にもう一人が口を開く。

いい加減に疲れてきたな、とトールがため息をついたとき、思わぬ方向から助け舟がやってきた。

部屋の扉が力任せにどんどんと叩《たた》かれ、聞き覚えのある声が外からかけられたのだ。

「ユーフィ、メーリィ、妙な男を連れ込んでいると聞いたぞ。ここを開けろ！」

ウバズ商会の実質的な商会長、ハッランの声だ。

トールは双子を見て、自分を指さす。連れ込まれた妙な男とは自分だろうか、という無言の問いかけに、双子は同時にトールを指さして頷《うなず》いた。

「子飼いの『魔百足《まむかで》』がいる手前、私たちが雇ったトールさんに因縁をつけたいのだと思いますよ」

「だよな。この部屋に来る前に出くわしたはずなのにおかしな表現だと思った。どうするんだ？」

「放っておいていいです。押し入ろうとするなら殴り飛ばして」

「了解」

「――おい、聞いているのか!?」

扉の向こうのハッランがなおも声をかけてくる。返事さえしてもらえれば、言いくるめる自信があるのだろう。

どんどんと叩かれる扉の規則的なリズムに合わせてトールが鼻歌を歌っていると、双子が面白がって弦楽器と木管楽器を部屋の物置から引っ張り出してきた。

部屋の中で演奏を始めると、ハッランも自分のノック音で拍子をとっていることがわかったのだろう、悔しそうに力強く扉を蹴り飛ばす。

「……馬鹿にしやがって！」

「旦那、やめときな。もう夜だ。近所に知られる」

ハッランを旦那と呼び、止める声が聞こえてきて、トールは扉の外の声に耳を澄ませる。

説得に成功したのか、ハッランたちが扉を離れていった。

「いま、ハッランを止めたのは『魔百足』の偉い奴か？」

トールが双子に尋ねると、『韃靼人《ダッタン》の踊り』を演奏し始めていた双子は同時に頷いた。

弦楽器をつま弾くほうが口を開く。

「『魔百足』のクラン長、Bランク冒険者ウェンズですね」

「魔機手や魔機足をつけていなかったようだが？」

「……姿を見ていないのにわかるんですか？」

不思議そうな顔で双子がトールを見つめる。

トールは自分の耳を指さした。

「足音でわかるだろ。魔機足なら硬質な音がするし、魔機手ならつけているほうに重心が偏る」

「すごいですね。私たちにはさっぱりわかりません」

トールはさらっと嘘《うそ》をついていたが、気づかずに感心した双子は演奏を続けながら疑問に答える。

「『魔百足』はほとんど全員が魔機手や魔機足をつけている二十人規模のクラン」

「ですが、幹部であるBランク冒険者パーティ、ウェンズと他四名は手足がありつけていません」

「クランの結成は私たちの両親が亡くなって、ウバズ商会をハッランが取り仕切るようになる数か月前」

「クラン加入の条件は肘、または膝から先を失っている冒険者であることです」

「ウェンズたちは『四肢を失っても戦う以外に生き方がわからない者たちの居場所を作る』と結成理由を説明しています」

立派な結成理由である。

冒険者は怪我《けが》が絶えない仕事だ。町の外で戦うこともあり、町にたどり着くころには怪我をした箇所を切断する以外の選択肢がないという場合もままある。

だが、双子が『魔百足』を語る表情には尊敬の念など欠片《かけら》も存在していなかった。

トールも同じ気分だ。

結成理由が本当なら、粗雑な魔機手を装着させているわけがないのだから。

「今朝、俺にケンカを吹っかけてきた『魔百足』の冒険者は粗悪品の魔機手をつけていた」

トールの報告は既知の情報であったらしく、双子は特に驚いた様子も見せない。

「『魔百足』の下位構成員がつけているのは粗悪な魔機手や魔機足」

「普段使いは壊れてもいい安物を利用しているとの肯定的な見方もありましたけど、町の外でも粗悪品を装着しています」

双子も『魔百足』の粗悪品には気づいていたらしい。

今日一日護衛として張り付いているが、この二人は部屋からほぼ出ていない。『魔百足』について以前から調べていたのだろう。

今日一日のやり取りでこの双子がただの世間ずれしたお嬢様ではないことはわかった。恵まれた環境もあるだろうが、それ以上に頭が切れる。様々な知識を蓄え、論理的に思考し、必要な情報を調べ上げ、目的を達成する道筋を考えて動いている。

この二人は明確な意思と目的をもって、ハッランの手から逃げるのではなく立ち向かう術《すべ》をそろえている。

その術の一つが、トールという護衛なのだろう。

ここから先は荒事が避けられないとこの二人が判断したのなら、事態はトールが推測しているものよりもはるかに大きなものになるのかもしれない。

警戒と好奇心がトールの思考を加速させていく。

目の前の双子は世界を股《また》にかける幅広い教養を見せつけるように、演奏を続けている。

日が落ちて暗くなった部屋。窓から差し込む月の淡い光の中で金の髪を輝かせて音を紡ぐ双子は一枚の絵画のようだった。

トールは双子を眺めつつ、演奏が終わるタイミングで声をかける。

「……なぁ、ちょっと聞きたいんだが、お前たち双子がこの商会から逃げないのはハッランと『魔百足』を調べてるからか？」

双子はうっすらと笑みを浮かべると、質問に答えず立ち上がった。

「トールさん、夜の散歩に行きましょう」

そろって両手を差し伸べる双子の笑みはどこか悪戯《いたずら》好きな妖精のようだ。

「多分、部屋を出たとたんハッランたちがお出迎えだぞ」

演奏がやんだのはハッランたちも気づいただろう。トールなら、確実に待ち伏せする。双子は昼食を抜き、いまだ夕食も取っていないのだから、食堂に下りてくる可能性が高いとハッランも考えるだろう。

だが、双子は悪戯の仕掛けを語るように意地悪な顔で部屋の窓を振り返った。

「Bランクの冒険者なら、二階から飛び降りるくらい造作もないですよね？」

「二人を抱えてもできるぞ」

「では、そうしましょう。いまごろ、Bランク冒険者の護衛を警戒して食堂に『魔百足』が集まっているはず」

この双子、わざと食事を抜いてハッランたちの注意を食堂に向けたらしい。

やはり、可愛《かわい》げがない。

双子は窓をそっと開けて愉快そうに目を細め、互いの両手を合わせてあざとく可愛いポーズでトールを振り返る。

「私たち、デートって初めて」

「素敵なエスコートをお願いします」

「そういったサービスはやってねぇんだ」

トールは苦笑しつつ、身体強化して双子を両腕に抱え、窓から飛び出した。

第七話 金貨不足

追っ手はなかった。

双子の読み通り『魔百足《まむかで》』は商館内を見張っていたらしい。

「まぁ、お嬢様が二人そろって窓から逃走するとは考えないか」

「そもそも、二人も抱えて二階の窓から音もなく着地するなんて、想定外」

「窓を出た後は追いかけっこになるかと思っていました」

「それはそれで面白いかなと期待していましたけど」

「それで、どこに行くんだ?」

「エスコートしてくださいと言いましたよね？」

「サービス外だ」

追っ手がないのをいいことに軽口を叩《たた》きあいながら夜の道を進む。

歓楽通りから離れていることも手伝って、道には人気《ひとけ》がほとんどなかった。

照明用の魔機と月明かりのおかげで道は明るく、石畳の隙間《すきま》に根付いた雑草も見分けがつくほどだ。

エスコート云々《うんぬん》と言いながらも、双子には目的地がきちんとあるらしく迷いのない足取りで進んでいく。

「トールさんがこの町にやってきたのはいつごろ？」

「昨日だ」

「では、知らないのも無理はありませんね」

双子の目的地はダランディを囲む外壁の近くにあるこぢんまりとした通りだった。

しかし、道を挟んで立ち並ぶ店は服飾、銀細工、宝石などを扱う高級店ばかり。その通りの端にある天秤《てんびん》の看板を下げた店が双子の目的らしい。

「両替商か？」

質屋も兼ねているようだが、店構えからして両替商が本業だろう。

日が暮れてしばらく経《た》っているため店は閉まっていたが、入り口の横に置かれた木製のプレートに双子は注目する。

何が面白いのかとトールも覗《のぞ》き見て、眉を顰《ひそ》める。

「なんだ、この交換比率は」

木製プレートには今日の金貨、銀貨、銅貨の交換比率が書かれていた。

問題は複数種類ある金貨がどれも異様な高値になっていることだ。

今朝方、宿の主人が金貨との両替を頼んできたときには手数料が高いと言っていたが、実際は金貨の高値止まりが問題だったのだろう。

「金が品薄で、金貨が値上がりしたのか？　それにしても、これは……」

魔物や魔機獣により物流が停滞しがちなこの世界では、局所的に品薄になる場合が多々ある。特に、金のような高級品の場合はひとたび品薄になると異様な高値になりがちだ。

金貨の高値止まりは、金貨がその金の含有量分の価値を持っているのが原因だろう。つまり、金の価格に引っ張られて金貨まで値上がりしている状態である。

とはいえ、金貨はその他の貨幣と同じく町の議会がその流通量を監視しているものだ。お金がなければ物も買えないのだから、最悪の場合、町の産業が衰退し、閉店が相次ぎ、失業者が出て、餓死者の増加につながる。

こうなる前に、金や金貨を町の外へ持ち出すのを一時的に禁ずる、金輸出禁止令が出るものなのだ。

考え込むトールとは異なり、双子は知りたいことは知ったと再び歩き始める。

トールがあとをついていくと、双子は部屋を窓から飛び出す前の質問に答え始めた。

「ハッランがウバズ商会を仕切るようになってから、徐々にダランディの金貨や銀貨の需要と供給のバランスが崩れ始めました」

「いまの時期はちょうど、地税の支払いなどで金貨需要が高まりますが、この交換比率を見てもわかる通り、ダランディ全体で金貨が不足しています」

品薄の金貨を求める者が多すぎて、交換比率がえげつないことになっている。そう双子は言いたいらしい。

トールは今朝の宿の主人のボヤキを思い出す。

『徴税請負人の奴ら、銀貨や銅貨だと数枚ちょろまかすんだ』

徴税請負人の横領はどこの町でもあることだが、余計な出費を避けたい町の住人は金貨が欲しい。しかし、この交換比率では横領されることを前提に銀貨で支払うほうが安上がりだろう。

「金貨の不足がハッランたちの仕業だと言いたいのか？」

「ええ、でも、からくりがわかりません」

「正当な商取引の結果、金貨が不足している可能性は？」

「町全体で収支バランスが崩れたという話は聞きません。なにより、ダランディは食料生産力が高く、赤字収支になることがほぼありません」

「なら、金貨をため込んでいる？」

トールの推測に対し、双子は意見を交わすのを楽しんでいるらしく弾んだ足取りで通りを歩きながら答える。

「もしもの時の蓄えとして金貨を保管しておく風潮があることは確か」

「ですが、その量はたかが知れています。そもそも、この金貨不足の状況であれば蓄えの金貨を放出して銀貨に換えて持っておく選択も出てきます」

「これからも金貨が上がると踏んでいるんじゃないのか？」

「ダランディ選出の議員が都市議会で金貨を輸入する手はずを整えています」

金貨の品薄が続いて値上がりするのなら、よそから輸入してしまえば品薄が改善される。輸入の手筈《てはず》が整ったのなら、金貨は値下がると予想できる。

「なるほど、この期に及んで金貨を後生大事に持っておく意味がないってことか。本格的に、ダランディの中で金貨が不足している」

トールは周辺の地理を思い浮かべる。ダランディが所属するのはここから北方に向かったへーベルという十三万人ほどの人口を誇る都市だろう。ダランディの金貨不足を解消するくらいの財力はある。

では、金貨はどこに消えたのか。

「いまの話を聞くと、ダランディの上層部も事態を危険視しているよな？」

「はい。ダランディ上層部は金貨の密輸出が行われているとみて、検問を強化しています。しかし、検問では積み荷のすべてを改めるといったことも行っているのに密輸を摘発できていません」

「海千山千の検問官が発見できないとなると、相当手が込んでるな。それはどこから仕入れた情報なんだ？」

「冒険者ギルドに通達があったようですよ。都市の外で不審な者を見つけたら報告してほしい、とも」

　支部長経由で聞いた情報らしい。確かな情報筋だ。

「二人はその金貨の問題を解決しない限り、俺を護衛として雇用するってことか？」

「そのつもりです。もちろん、護衛が終わった後には日本語の解読者として雇い入れましょう」

「いらんわ。だが、密輸の捜査をする二人の護衛くらいはきっちりやるよ。それで、町の外に金貨を持ち出している連中がいるんだよな。ハッランが絡んでいるなら、『魔百足』の魔機手の部品の隙間にでも挟み込んでるんじゃないのか？」

「おそらく、事はそう単純ではありません。検問でも抜き打ちで検査が行われましたが、分解しても見つからなかったそうです」

「他にも、ダランディ内で出所不明の銀細工が見つかっています。こちらはおそらく、『魔百足』の構成員による小銭稼ぎでしょうね。構成員が直接質屋に持っていくと足がつくので、ダランディに協力者がいるとは思いますけど」

手をつないで歩く双子が向かう先には品のいい料理屋があった。ここで夕食を取るつもりなのだろう。

店の入り口前で双子が振り返ってトールを手招く。

「残りは中で話しましょう。ここは父との付き合いがあった店で、中は個室です。密談には最適ですよ」

「夕食代は払ってもらえるのか？」

「護衛期間の食費は持ちます」

「どこからそれだけの金が出てくるんだ。いまのウバズ商会で重要な役職についているとも思えないが」

「塩の専売権はウバズ商会名義ではなく、私たちの名義で持っているからですよ。もっとも、実際の業務はハッランたちに取り上げられてしまっていますけど」

「業務を取り上げられているのに、金は入ってくるのか？」

「私たちにお金を入れなければ、私たちが塩の専売権をダランディ議会に返還しますからね。とはいえ、人件費などで中抜きもひどいですから、私たちに入ってくるお金もたかが知れているわけですけど」

金が払われるというのなら、トールも断るつもりはない。

双子と共に店の中に入る。

店主と顔見知りなのは本当らしく、笑顔で歓迎されて奥座敷に通された。

この双子がお嬢様なのだと再認識させられる。

そこそこに分厚い土壁で仕切られた個室スペースに入り、テーブルを囲む。護衛であるトールは入り口側に座り、双子は奥の椅子に座った。

「では、改めてトールさんを雇い入れるきっかけとなった出来事をお話しします」

「きっかけ？」

トールがオウム返しに尋ねると、双子はご近所の庭先で花が咲いたと世間話するような軽い調子で切り出す。

「ハッランと『魔百足』の金密輸を告発したいので、協力をお願いします」

第八話　密輸捜査

注文したスープパスタを食べながら双子から聞いた話を総合すると、次のようになった。

ダランディでの金価格が徐々に値上がりし、市場の流れと乖離《かいり》を始めた。

これを受けて、ダランディ上層部は金の輸出禁止措置を取るも、現在に至るまで金価格は上昇の一途をたどっている。

金貨を密輸するには当然ながら金貨そのものを手に入れられる財力が必要になる。ダランディはさほど大きな町ではないため、自然と疑いの目は町一番の大商会、ウバズに向けられた。

双子はこっそりとウバズ商会の帳簿を確認、外部の町の工房への発注量が年々増加していることを知る。

増加した発注量から推測すると売上金が足りていない。そもそも、在庫がだぶつく可能性が高い。

ウバズ商会の倉庫を調べるが、在庫が存在する様子がない。

ハッランやウバズ商会の従業員、『魔百足《まむかで》』の目をかいくぐっての調査には時間がかかり、そうこうしているうちに徴税請負人が動き始め、金貨不足が表面化し始める。

調査を進めるには『魔百足』への対抗措置が必要となり、トールを護衛に雇った。

「『魔百足』とハッランが架空発注で裏金を作り、それを町の外部に密輸している。そう疑っているのはわかったが、架空発注以外は全部想像だろう。証明するにしても、当てはあるのか？」

双子が語った内容はほぼ状況証拠からの推測だ。

架空発注について双子がハッランを糾弾しないのも不自然だった。おそらく、架空発注についてすら証拠は不十分なのだろう。

トール個人としてはハッランと『魔百足』の心象はよくない。密輸をしていると聞かされればありうると思うほどに。

しかし、証拠がなければ動けないのも事実だ。

「トールさんの言う通り、証拠が必要」

「そしてこの時期、税の申告と納付のためウバズ商会には多額の金銭が集まります」

「いわゆる決算期なのですが、『魔百足』への支払いもこの時期」

「貨幣を不法に持ち出すための下地が整っていると言えます」

双子は一人が食べている間にもう一人が話す。

「ハッランたちの出方を見る、と？」

「もう動いていると思います」

「私たちはこれから尻尾を掴《つか》むために動きます」

「いざとなったら俺の出番ってわけだ。外部はどう動いているんだ？」

「ダランディ上層部も調査を始めているはずです。『魔百足』を怪しんでいると思いますよ」

「情報共有は支部長を使うのか？」

「そうなります」

双子が同時に鴨《かも》の生ハムを口にし、鏡写しのように頬《ほお》を押さえて首をかしげる。

「美味《おい》しい」

大規模な犯罪捜査の話をしている真っ最中とは思えない嬉《うれ》しそうな表情だ。

飯の顔しやがって、と内心で突っ込みを入れるトールだったが、口から出たのは全く別のことだった。

「しかし、捜査を続けていいのか？」

「と、いうと？」

双子が不思議そうにトールに問う。

気を使いすぎて言葉不足だった、とトールは反省して言い直した。

「ハッランは実質的なウバズ商会の責任者だろう。その犯罪が明るみに出れば大問題だ。塩の専売権は取り上げられるだろうし、下手をすれば商売そのものができなくなってウバズ商会の倒産もありうる」

ギルド支部長から聞いた話では、ウバズ商会をいまほどの規模に育て上げたのは双子の両親だという。ウバズ商会は双子にとって両親の形見なのだ。

そんなウバズ商会が潰《つぶ》れるのを双子は容認するのか。それとも、ダランディ上層部に先駆けて証拠を固め、ハッランを追い出して内々に話をつけるつもりなのか。

どちらを選ぶかによって与えられる時間が変わってくる。後者を選択するなら強引な手を使うことにもなりかねない。

護衛として方針を聞いておきたかった。

双子はフォークを置いて、真摯《しんし》な表情でトールを真正面から見据えた。

「経済に麻酔はない。故に痛みをのんで病巣の早期切除が望まれる」

「人に流させた汗は賃金となる。人に流させた血は借金となる」

「すでにダランディの経済は病的な状態です」

「事態が進めば経済的な困窮から死に至る方も出るでしょう」

「得をするために動く。商人でなくても当たり前のことです」

「損をしないために動く。商人でなくても当たり前のことです」

双子はそこで、少しだけ寂しそうに微笑《ほほえ》んだ。

「両親の受け売りで、ウバズ商会の者なら誰しも聞かされた教えですが」

「いまや理解しているのは私たちだけになってしまいました」

「ですから、私たちが手を下す必要があります」

「形見はなくなっても、学んだことは消えません」

「なにしろ、私たちには頭が二つありますので」

覚悟はとうに固めているようだ。

愚問だったか、とトールは双子の覚悟に敬意を払いつつ、続けて問う。

「具体的に、どこから調べるんだ？」

「押さえるべき情報はたった一つです」

「金貨密輸の方法、この一点」

「というわけで、地道な聞き込み調査をしましょう」

「食事を終えたら『魔百足』の利用する宿に向かいます」

「こんな時間に聞き込みか？　相手がいないだろう」

冒険者が利用する宿だけあって、従業員が客の情報を話すとも思えない。『魔百足』は二十人に及ぶ大口顧客だからなおさらだ。

しかし、双子の聞き込み相手は宿の関係者ではないらしい。

「二十人の食事ともなれば残飯も相応の量となります」

「おい、まさか」

「はい、夕食の残飯を目当てに集まる方々が聞き込み対象です」

相手はホームレスらしい。

綺麗《きれい》な所作で上品に食事を進める二人のいいとこのお嬢様が自分から声をかけるような相手ではない。何をされるか知れたものではないのだ。

視線に気づいた双子がにっこりと微笑む。

「トールさん、護衛のほど、よろしくお願いしますね？」

自ら危険に飛び込むつもりの護衛対象にトールはため息をつき、高い値段がついているだけあって美味《うま》い食事を味わうことにした。

せめて、これくらいはうま味がなければ割に合わない仕事になりそうだ。

第九話　美味しい展開ですわ

料理屋を出た双子は事前に調べておいたらしく迷いのない足取りで『魔百足《まむかで》』が泊まっている宿に向かう。

件《くだん》の宿はダランディの南西にあった。

二十人もの人員を抱える『魔百足』を受け入れる宿だけあって、かなり大きな建物だ。三階建てでコの字型をしており、中庭までついている。その割に宿泊費はさほど高くない。

従業員に話を聞くつもりもないので、宿の周りをぐるりと回って聞き込み調査を始めようとしたところ、暗がりからぼさぼさの髪の男が現れた。

「ぐへへ、お嬢ちゃんたち、こんな暗がりに近づいちゃだめじゃ――ぐへぇっ!?」

双子に近づいてきた男を視界の外から突き飛ばしたトールは、男を壁際に追い詰めた。

「おっちゃん、ちょっと聞きたいことがあるんだわ。おっと、逃げちゃだめだ。話を聞くだけだからさ。手間を取らせるなよ」

逃げ出そうとした男の顔の真横の壁に手をついて退路をふさぎつつ、男の襟首を掴《つか》んで壁に押しつける。

美人局《つつもたせ》、という単語が脳裏をよぎったが深く考えないことにした。

「捕まえたぞー」

背後の双子を振り返る。

双子は片手を口に当てて驚き顔。

「本場日本の壁ドン！」

「二人でやってみたときとはまるで迫力が違いますね！」

「いえ、カツどんだったかしら？」

「こういうときの言葉は確か、ご飯三杯はいける？」

「つまり丼もの」

「本場日本のカツどんですよ！」

「ドン勝！」

「あのさぁ、何が悲しくて俺がホームレスの男に壁ドンするんだよ。やだよ。これを壁ドンとは認めねぇからな？　聞きたいことがあるならさっさと聞け」

そもそも、書籍が情報源の双子がなぜネットスラングまで知っているのか。ゲーム本でも読んだのかもしれない。

とにかく話を進めるべくトールがホームレスを顎《あご》で示すと、キャッキャッと盛り上がっていた双子がホームレスに声をかける。

「では、いくつかの質問に答えていただきます。謝礼は銀貨一枚ですので、正直に答えてくださいね――」

「えっ、銀貨……？」

ホームレスが目を丸くする。銀貨一枚あればそこそこの宿に一泊できる。

双子と共に二、三人のホームレスを捕まえて質問攻めにし、銀貨一枚ずつ渡して解放する。

最初はおびえていたホームレスたちだったが、銀貨がもらえるとなるとすぐに落ち着きを取り戻し、質問にすらすら答えてくれた。

月が空に高く上ったころ、三人はウバズ商会への帰路についた。

「めぼしい情報はなかったな」

ホームレスたちの証言に食い違いは特になかった。

あの宿を『魔百足』が利用するようになって三年が経《た》っており、残飯にありつけることから周辺にはホームレスが多かった。口裏を合わせているとも思えない。

これは空振りに終わったのではないかとトールは思ったが、双子は何かを見出《みいだ》したらしい。

「面白い話が聞けました」

「そうか？　俺たちが周辺を嗅ぎまわっていると『魔百足』に教えてしまっただけな気がするが」

ホームレスたちのことだ。『魔百足』を嗅ぎまわっているトールたちのことを密告して小銭を稼ごうとするだろう。

双子は人差し指を立てて左右に振る。

「トールさんを雇い入れた時点で宣戦布告は済んでいますよ。ハッランや『魔百足』の心証をいまさら気にしても仕方がありません」

「そんなことよりも、興味深い話がありました。それは、薪《まき》の使用量」

「薪ねぇ」

ホームレスたちが口をそろえて証言したのは、『魔百足』が宿にやってきた日と出発する前日、決まって薪の使用量が爆発的に増えるというものだ。

しかし、トールは特に不審とは思えなかった。

「旅の汚れを落とすために体を洗うんだろ。二十人もの人間が体を洗うとなれば大量に湯を沸かすことになるし、薪の使用量も増える。出発前日もそうだ。しばらく体が洗えないとなれば前日くらい念入りに体を洗いたくもなる」

「トールさん、水魔法、使ったことはありませんか？」

「水魔法か。使わないな。そもそも、水魔法で作った水はすぐに消えるだろ。湯を沸かすのには使えない――あぁ、薪だけあってもしょうがないのか」

二十人もの冒険者が旅の汚れを落とす。薪はもちろん水もかなりの量を使うはずだ。

「宿の中に井戸でもあるんじゃないのか？」

「二十人が体を洗えるほど潤沢な水はありませんよ」

まぁ、そうだろうな、とトールも納得する。

ダランディは農業が盛んで水資源も豊富にあるが、井戸が枯れないわけでもない。町の中の井戸であればなおさら、使用制限もあるはずだ。

「それじゃあ、薪は何に使うんだ？」

「お湯を沸かすのに使うのでしょう。そうしないと宿の人に怪しまれますから」

「……水が足りないって話じゃなかったか？」

「体を洗うには水が足りないというだけで、お湯を沸かさないとは言ってませんよ」

「まぁ、そうだな。で、お湯は何に使うんだ？」

当然の疑問に、双子は首を横に振る。

「そこまではまだなんとも」

「わからない、とは言わないんだな」

「ふふっ、察しがいい人は好きですよ」

はぐらかしているらしい。

道を曲がると、見覚えのある路地に出た。

今朝、宿に帰る際に『魔百足』の下っ端に襲われた場所だ。

ここに出るのか、と土地勘がないトールは路地を見回す。

「どうかしましたか？」

「今日の早朝、『魔百足』の下っ端が落とした魔機手をここで拾ったんだ」

「それはまた、大きな落とし物ですね。お酒に酔うと腕が一本なくなっても気がつかないものなのでしょうか？」

「そんな馬鹿な。俺が拾ってからすぐに下っ端が現れたし、割とすぐに気がついたんじゃないか？」

「落とした瞬間に気がつくほうが、自然な気がしますね」

言われてみれば確かにそうだ。金属製の魔機手は落としたときにそこそこ大きな音も出る。その場で気がつかないのは不自然で、トールが拾うまでの間があったのもおかしい。

「となると、わざとここに置いていた？」

あとから来る誰かにこっそりと渡すため、ここに魔機手をわざと置き去りにしていた可能性。

双子がうっすらと笑みを浮かべる。

「現物がないのは残念ですけど、面白いものが見つかりそうですね」

第十話　敵の親玉

ウバズ商会に戻ってくると、たいまつを携えた集団が周囲に散らばろうとするところだった。

陣頭指揮を執っていた赤髪の大男がトールと双子に気づいて苦笑交じりに肩をすくめる。

「あーあ、しれっと帰ってきたな。お前ら、夜遅くにすまなかったな。帰って寝ていいぞ」

集団を解散させて、赤髪の大男が傍らに立つハッランを見る。

腕を組んでイライラしているハッランが双子に向かって歩いてくる。肩を怒らせているが、トールが双子との間に割って入ると怒りを宿した鋭い目つきのまま静かに口を開いた。

「ユーフィ、メーリィ、許可なく出歩くとはどういうつもりだ？」

双子はトールの背中に隠れて顔を覗《のぞ》かせると、ハッランに向けて舌を出す。

「呼び捨てにされる筋合いはありません」

「外出許可を取る必要はありません」

二つの口でそれぞれ抗議する双子に、ハッランがますます苛立《いらだ》つ。

しかし、ハッランが再度口を開く前に赤髪の大男がハッランの肩に手を置いてなだめた。

「旦那、すでに結構な騒ぎになってしまった。これ以上、商会内での不和が外に広まるのはまずい。そうだろ？」

「だがな、ウェンズ、この双子を――」

「待ちな。冷静になれって」

けらけらと笑ってハッランの苛立ちを受け流し、赤髪の大男ウェンズは続ける。

「旦那は計画立てて動く点は評価できるが、突発的な事態に出くわすと頭に血が上ってしまうのがいただけない。不測の事態に対処するためにオレたちみたいのを雇ってるんだ。ドンと構えていればいいのさ」

二人のやり取りをあくび交じりにトールが眺めていると、左右から視線を向けられた。双子がトールを見上げている。

「あれが『魔百足《まむかで》』のクランリーダー、ウェンズ」

「やっぱりか」

赤髪の大男、ウェンズは冒険者らしい冒険者だった。鍛え上げられた筋肉質な体に武骨さのうかがえる厳《いか》めしい顔をしている。クランリーダーだけあって不必要に威圧感を振りまかない振る舞いも上位の冒険者らしい。

「しかし、ちょっと意外だな。ハッランの方に行動の決定権があるように見える」

ウェンズがその気になればハッランを黙らせることは容易だろう。しかし、ウェンズはあくまでハッランをなだめて事態の収拾を図ろうとしていた。

双子が複雑そうな顔をする。

「あぁ見えて、ハッランは商会の後を任される程度には優秀です。計画的に物事を進められますし、数字にも強く、直感的に不審な数字を発見するなど経理面でも優秀な人材です」

「反面、仕切り屋で計画外のことが起こると無様を晒《さら》しますし、見た目同様に神経質で嫌味《いやみ》をよく言うのでカリスマがなく、他人が付いていきません」

「双子さんや、割と辛辣《しんらつ》な評価に聞こえるぞ。少なくとも、上に立つべき人間ではなさそうな評価だぞ、それ」

どちらかというとナンバースリーあたりで実務を仕切りつつ決定権を上の人間に預けたほうがよさそうな性格に聞こえる。

「最低でも、不測の事態に際してハッランの意見を聞かずに即応できる役回りの人間が必要だろう」

「その人たちをハッランが解雇して、いまのウバズ商会が出来上がり」

「せめて、私たちの立場をそのままにしておけばいいものを、自我が肥大化した仕切り屋ですから」

「あぁ、なるほど。自業自得なわけね」

事情を聴くと同情していいものか悩んでしまう。

トールたちがハッランの人物評を言いあっているうちに、ハッランとウェンズも話がまとまったらしい。

双子を一睨《ひとにら》みして商館に戻っていくハッランを見送って、ウェンズがトールに向き直る。

「噂《うわさ》の護衛ってのは君か。ずいぶん若いな」

「こう見えて、もうじき四十歳になるんだがな」

「おいおい、マジかよ。ほぼタメか」

「もちろん嘘《うそ》だが？」

「……だと思ったよ。お嬢さん方、あまり商会の者を心配させちゃいけないですぜ」

トールの冗談を聞いてまともに会話はできないと判断したらしいウェンズは双子に会話の矛先を切り替える。

「こんな得体《えたい》の知れない優男《やさおとこ》より、オレら『魔百足』を頼ってくれなくちゃね。今度外出するときには声をかけてくださいい。その優男を護衛に連れていくにしろ、護衛の数が多いに越したことはないでしょうよ」

「護衛対象が増えるだけじゃね？」

トールが口をはさむと、ウェンズがじろりと凄《すご》みを利かせて睨《にら》む。

「オレの部下が足手纏《あしでまと》いと言いたいのか？　序列十七位の赤雷《せきらい》や十九位の百里通《ひゃくりとお》しならいざ知らず、ただのボッチのBランクが大口叩《たた》くな」

「俺が双子を連れ出して商館を抜け出しても気づかなかったんだろ。答えは出てるよな？　言ってる意味はわかる？　もうちょっと説明しようか？」

「オレをあおって先に手を出させるつもりならやめとけ」

「バレたか」

ここで『魔百足』の頭を潰《つぶ》しておけば後々楽になるかな、とのトールの目論見《もくろみ》は失敗に終わった。

冒険者ギルドや衛兵を直接介入させるのは難しそうだと諦めて、トールは双子に場を譲る。

双子はトールの両横に立って成り行きを観察していたが、トールがこれ以上ウェンズの相手をしないと悟ったのか、二階にある自室の窓をそろって指さした。

「お話が終わったなら帰りましょう」

「お嬢さん方、オレの忠告は無視ですかい？」

「忠告？　私たちに、忠告ですか？」

双子がウェンズに、不思議な生き物を見るような目を向ける。

「そんなものを聞かなくて済むように、トールさんを雇いました」

「話を戻さないでくれよ。そのトールとかいう優男とは別に、『魔百足』から護衛を出すって話をしてるんだ」

「あの粗悪品の魔機手や魔機足で護衛ですか。冗談でしょう？」

「粗悪品とはひどいな。こちとら安い給料でも全員が働けるように頑張ってるんだ」

「しかるべきお給料を出せないのに私たちの護衛まで業務に組み込むつもりですか？」

「それを言われると弱いがね。お嬢さん方がむやみな外出を控えてくれればいいんだ」

ウェンズが言い終える前に、双子はにっこり笑ってトールを手で示していた。

「自前で護衛を雇っています。ですが、私たちはあなた方にお給料を出すつもりはありません」

「だって、あなたたちってお金を出してもいいと思えるほどの実力がありませんからね」

笑顔で毒を吐いた二人はトールの腕にしがみつく。

「さぁ、帰りましょう」

「お、おい、ちょっと待てまだ話は――」

「終わってます」

ウェンズの抗議を拒絶して、双子はトールを見上げる。

トールは双子を抱き寄せると、身体強化魔法を使用して地面を蹴って開いたままの二階窓へと跳び上がった。

双子の部屋に飛び込むと、トールは双子を下ろして窓の下を見る。

苦々しい顔で窓を見上げているウェンズと目が合った。

トールは軽く手を振って声をかける。

「お互い雇われの身だ。雇用主の方針には素直に従っておこうぜ？」

「雇われなら時に意見することも重要だ。使われる人間じゃなく、使われてやる人間であるためにな」

ウェンズから人生訓をもらうとは思わなかったが、トールは思わず共感して大きく頷《うなず》いた。

「覚えておくよ」

「おう、覚えとけ」

ウェンズは投げやりに片手を振って、商館の中に入っていく。

窓を閉めるトールに、双子の一人が声をかけた。

「無駄な意見をすると使えない人間だと思われますよ」

「意見を無駄にして責任を押しつける雇用主がいることもお忘れなく」

「あぁ、世の中が嫌いになっていくよ」

トールは双子の身もふたもない忠告に納得してしまう自分が嫌になった。

第十一話 特殊武器

部屋に戻った双子は一人がベッドに入ると、もう一人が本棚を物色し始めた。

「フクロウみたいだな」

意識を共有しているという話といまの状態を総合して双子を言い表すと、何冊かの本を抱えた双子の一人は小さく笑う。

「半球睡眠ですか。確かに近いところがありますが、私たちはそれぞれに自我があります。いくらフクロウでも左右の脳で別の意識があるわけではないですよ」

「自我か。ところで、君はどっちなんだ？」

「私はメーリィです。順番としては妹です」

たとえ嘘《うそ》をつかれてもわからないな、とメーリィとユーフィを見て思う。

メーリィは椅子に座ると本を開いて読み始める。照明用魔機の明かりのおかげで文字を追うのに苦労はしないようだ。

「トールさんも椅子をどうぞ」

「ありがとう」

トールは勧められた椅子に腰かけ、窓の外を見る。

照明用の魔機が取り付けられた街灯が夜の通りを照らしている。この辺りは商会が軒を連ねるだけあって、防犯に力を入れているのだろう。

怪しい人影はないが、窓の淵《ふち》に何かがこすれたような跡があった。双子の留守を確かめる際に梯子《はしご》でもかけたのだろう。

「意識を共有しているってことは夢も共有するのか？」

「そうですよ。慣れていますから思考が乱れることはありませんけどね」

「実際、どういう感覚なんだ？」

「私たちは生まれつき思考を共有しているので、これが普通ですよ。どういう感覚と言われても……」

困ったように姉のユーフィを見るメーリィは穏やかに微笑《ほほえ》む。今日一日護衛していてわかっていたことだが、この姉妹はかなり仲がいい。思考を共有する特性上、姉妹の間で言葉を交わす場面を見なかったが、思考でやり取りしているのだろう。

「リアルファミ〇キくださいか」

「なんですか、それ？」

「ネットスラングだ」

この双子といると日本語や地球の知識が通じるせいでいろいろ思い出す。

九年もの間、意識的に避けてきたその思い出はむずがゆい。だからこそ、この時間が思い出にならないようにトールは顔をしかめて頭を振った。

「白昼夢ですね」

「なにが？」

「トールさんが聞いたんですよ。思考共有はどういう感覚なのかって」

「あぁ、そうだった。すまない。しかし、白昼夢か」

「後は、本を読んでいるときに頭の中で文字を読み上げるのと同じ感覚です。視界の情報を思考にまで組み込むと白昼夢になるような――説明が難しいですね」

よほど感覚的なものなのだろう。メーリィは悩みながら言葉を紡いでいく。

トールは頭の中でテレビを見ているようなものだと理解した。

マルチタスクが得意そうだな、と感想が浮かぶ。

「そうそう、私たちは人よりも立体視野が広いんですよ」

「視点が二つあるようなものだからか。空間把握能力が高そうだな」

「はい。護身術を習った際に二人一緒だとCランク冒険者相当になると言われました」

「ダランディ支部長にか？」

「はい」

密《ひそ》かな自慢なのだろう、メーリィは微笑んで頷《うなず》く。

Cランクといえば冒険者の中では一人前とされる。魔物よりも総じて危険度が高い魔機獣の討伐実績が必要で、能力的にはほとんどの依頼が可能になるランクだからだ。死亡率もCランクから下がる傾向にある。

一般人が護身術として身につける技量はDランク相当もあれば十分だ。Cランク相当ならばそこらのゴロツキを容易に返り討ちにできる。

もっとも、メーリィたちが敵として想定しているのは戦闘のプロである冒険者、その中でも上位にあたるBランクの冒険者が率いるクランだ。Cランク相当の腕前では相手にもならない。

「武器は何を使うんだ？」

「槍《やり》と魔法ですね。弓も使えないことはないです。そういえば、トールさんは武器を使わないんですか？」

トールが手にはめている鎖手袋を見ながらメーリィが質問する。

トールは腰に下げている革製の大型ポーチから武器を取り出した。

「これが俺の相棒だ」

「……何ですか、これ？」

知識豊富なメーリィでも思わず怪訝《けげん》な顔をしてしまうほど、トールの武器は個性的な代物だった。

手のひらより一回り大きい鉄製の輪の外側に刃が付いた戦輪《チャクラム》が十枚、それぞれが腕の長さほどの鎖につながれている。

「鎖戦輪《くさりせんりん》と呼んでる。特注武器だ」

「すごく不思議なものを使うんですね」

「基本的にソロで活動しているからな。集団に囲まれても対処できるように工夫していたらこれにたどり着いたんだ」

見せれば馬鹿扱いされ、扱えば変人扱いされる特殊な武器。それでも異世界にやってきてから冒険者として活動した九年の集大成でもある。

「まぁ、使わないに越したことはないけどな」

「いまのうちに手入れしておいたほうがいいですよ」

「話を戻す振りしてらせん状に展開しないでもらえる？」

使うか使わないかの二択に、使えと遠回しに言うメーリィに突っ込みを入れる。

メーリィはくすくすと楽しそうに笑った。

「きちんと話を昇華していますよ」

メーリィはそう言って、くるくると指先で天井へと昇るらせんを描く。

「絶えず斜め上に進んでるんだが」

「過程を見てはいけません。結果が重要でしょう？」

「どっちも重要なんだよなぁ」

「ですが、トールさんはその武器に満足しているのでしょう？　過程は斜め上の方向に思考が進んだと推測しますが」

メーリィがトールの鎖戦輪を細い指で示しながら指摘する。

図星を突かれて苦い顔をしながら、トールは鎖戦輪をポーチにしまい込む。

「なるほど、結果が重要だ。認めよう」

「これは純粋な興味からの質問ですが、その武器は地球で一般的なものですか？」

「いや、現実はおろか物語の世界でも見たことはないな。蛇腹剣《じゃばら》が一番近いか」

「蛇腹剣ですか？」

蛇腹剣を知らないらしい。

「長剣を横に何等分かして、その断片を鋼線でつないだ武器だ。鋼線を巻き取れば本来の長剣として扱えるし、伸ばせば鞭《むち》にできるって仕組み。物語の世界の代物だけどな」

大まかにどんな武器かを教えると、メーリィは紙にざっと絵を描く。

出来上がった絵は特徴を捉えてこそいたが、何か違和感があった。隣に描かれている緻密な鳥の絵とは気合の入れ方が違うように見える。

「この鳥の絵を描いたのはユーフィの方か？」

「そうですよ。ユーフィは見たことのないものでも描けるんです。その思考を受け取りながらであれば私もある程度は描けますが、私自身には絵心がありませんので」

「下手なわけでもないけどな」

技量ではなく表現が足りていないのだろう。

メーリィは描き上がった蛇腹剣を見て、首をかしげる。

「トールさんの鎖戦輪は巻き取り機能があるんですか？」

「ないぞ」

「近接戦はどうするんです？」

「鞭は中近接戦の武器だ。あまり話したくないからこれ以上の質問はなしで」

納得いかなそうなメーリィに先手を打つ。

「仕方がありませんね」

メーリィが本をめくり始めた。

「雑談はここまでにして、まじめな話をしましょう。――密輸の手口についてです」

第十二話　低融点金属

「密輸の手口って、もうわかったのか？」

「状況証拠ばかりです。仮定ばかりを積み上げるのって好きではありませんけど」

たった一晩聞き込みをしただけで曲がりなりにも推論を立てられるのだから大したものだとトールは思うが、話の内容次第だと考えを改める。

とんでもない暴論が出てこないとも限らないのだ。

メーリィは紙にいくつかの情報を書き込んだ。

「まず、密輸品は金貨、そして銀細工だと仮定します。これらは品が消えるか、現れるか、していますからほぼ間違いないでしょう」

すなわち、密輸にはこれら二つを運ぶ手段が必要となる。

「密輸をする上で最大の関門は、ダランディを取り囲む壁を越える方法です。ダランディ上層部も密輸に気づいて長らく関所での警戒を強めていましたが、尻尾を掴《つか》めていません」

密輸方法には様々なものがある。

二重底や隠し戸棚を利用した入れ物の細工。人、動物に呑《の》ませて後から取り出す手法。照明用の魔機が一般にも普及し始めたとはいえいまだに高価なため、いまでも需要がある蝋燭《ろうそく》に封入してしまうやり方など。

「古典的なこれらの手法はダランディ上層部も調べているはずです」

「メーリィたちは調べたのか？」

「ウバズ商会の運搬用の馬車に細工が施されていないか、商品や箱に空間がないかは調べてあります。空振りでした」

経験豊富なダランディの衛兵が見つけられないのだから、それなりに手が込んだ密輸なのだろう。

メーリィは紙にさらさらと文字を連ねる。

「さて、『魔百足《まむかで》』がウバズ商会の商品運送で護衛につく場合、持っていても怪しまれないものって何だと思いますか？」

「武器じゃないか？」

「はい。武器もありますね。外には魔物や魔機獣がいますから。ですが、違います」

「魔機手、魔機足の方か。だが、検問で分解までして見つからなかったんだろ？」

「えぇ、見つかっていません。それでも、一番怪しいのは確かです。今朝トールさんが拾ったという魔機手の件もあります」

双子の指摘を受けて、トールもその不可解さに気づいたが、結局どんな意図で魔機手を路地に置いたのかはわからないままだ。

それに、とトールは思う。

「あの魔機手を拾ったとき、なにか違和感があったんだよな」

「違和感、ですか？」

新しい情報に期待のこもった目を向けるメーリィに、トールは申し訳なさそうな顔をする。

「かなり酔っていたから、違和感の正体までは掴めていないけどな」

「……その違和感は魔機手を見たときのものでしたか？」

「うん？　いや、拾った後だな」

ずいぶんと雑な作りの魔機手だとは思ったが、それは違和感と呼べるようなものではなかったし、正体不明のモヤモヤした感覚とは違って言語化できているものだ。

関節の動きが悪かった、などの性能部分でもない。

だが、確かな違和感があったのだ。

メーリィが机の上に開いた本をめくって何かを探しながら、トールの助けになればと口を開く。

「普通の魔機手よりも重かったのかもしれませんよ」

「重量か。確かに重いとは思ったが、魔機手の重量なんてそれこそものによるだろう――あ、そうか」

違和感の正体に気づいたトールは、自分の手を見る。そこには鎖手袋がはめられている。

「トールさん、何かに気づきましたか？」

「……あの魔機手、中に金貨が入っていた。防御を兼ねた手の甲の部分と、腕の外側部分にある厚めの金属板の中だ」

「ちょっと待ってください。金属板の中ですか？」

「何でわかったかは聞くな。俺の戦闘スタイルに直結する情報だから、誰にも言うなよ」

「ユーフィには伝わりますよ？」

「隠し事もできないのな」

「する必要がないですから」

メーリィはにっこりと笑い、開いていた本をトールに差し出した。

「トールさんがどうやって突き止めたのかはわかりませんけど、私たちもあの魔機手の金属板に金貨が封入されている可能性を考えていました。外見では金貨が入っているとはわからず、それどころか疑われることもありませんからね」

メーリィが差し出した本のページには低融点金属と見出しがついていた。

「なんだ、水銀のことか？」

「いいえ、合金ですよ。水銀とは異なり常温では固体です。液体に変わる温度はいろいろありますけどね」

メーリィが指さしたのは低融点の合金が書かれた表だった。

トールも知っているところでは金属の接合などに使う、はんだなどが挙がっている。

「低融点の合金の中にはお湯をかけると溶けだすようなものもあります。例えば、ウッドメタルですね」

「お湯？　……あぁ、『魔百足』が薪《まき》を大量に消費するのはこれか」

ウッドメタル、融点七十度の合金だ。

寒天の融点が一般的に八十五度以上であることを考えると、金属とは考えにくい融点である。

この温度であれば、特別な設備がなくとも魔機手に金貨を封入できるだろう。素板に金貨を置いて上から溶かしたウッドメタルをかけるだけでよい。金貨が溶けだすなどの影響もなく、お湯をかけてやれば後から容易に取り出せる。

面白い金属だな、と感心しながら、トールはウッドメタルの組成を見る。

「鉛、スズ、カドミウム？　ビスマス？　おい、前者二つはともかく、カドミウムやビスマスなんて簡単に手に入らないだろ。この二つの金属、俺でも高校で化学の予備教材に載っているのを見たことがあるくらいだぞ」

とてもではないが、この世界の科学技術では手に入らない。そもそも、カドミウムやビスマスといった金属元素を発見すらしていないだろう。

この双子、自分たちが地球科学に触れているせいで周りもそうだと思っていないか、とトールは双子を疑う。

双子は大手商会の跡取り娘。いわば深窓のご令嬢である。世間知らずでもおかしくはない。

しかし、メーリィはあっさりとトールの指摘を肯定した。

「ええ、手に入らないでしょうね。ですが、トールさんがそんなところで引っかかるとは思いませんでした」

「引っかかるって、どういうことだよ」

「トールさん、自分が何者なのか、この本が何なのか、よもやお忘れではありませんよね？」

メーリィが首をかしげる。金の髪がさらさらと流れ、照明用魔機の光を乱反射した。

透き通った青い目に見つめられて、トールはウッドメタルの出どころに気がつく。

「落ち物か」

「はい。とはいえ、量はそこまで多くないでしょう。まとまった量があるのなら、ハンマーや大型魔機を作って体積のある品を封入するはずです。換金性の高い宝石などでも木箱に入れてからウッドメタルで封入すればいいですから」

「金貨を数枚運ぶのがやっとの量しかウッドメタルを持っていないってことか」

「はい。『魔百足』は冒険者ですから、ダンジョンで落ち物を発見する可能性も高いですしね」

落ち物はダンジョンから出現しやすいとされている。トールのようにダンジョンの外に出る場合もあるが、落ち物が欲しければダンジョンを探すのがセオリーだ。

「つまり、この密輸事件はウバズ商会が金貨を『魔百足』に渡す。『魔百足』はクラン所属の冒険者の魔機手や魔機足に落ち物のウッドメタルで金貨を封入する。それで、ウバズ商会の商品運搬の護衛にかこつけて金貨を外部に持ち出す。帰ってくるときには金貨の代わりに銀細工を封入して小銭を稼ぐ。こういう流れか？」

「ええ、その通りです。しかも、数年にわたって金貨を持ち出し続けた結果、もともと大きな町ではないこのダランディに流通している金貨が不足し、徴税期間のいま、目に見えて影響が出ています」

トールは思わず感心する。

落ち物のウッドメタルを使っている以上、百戦錬磨の検問官たちも突き止められないだろう。

「密輸するための金貨は二人が突き止めた架空発注か」

「そうだと思います。後は、塩の専売で人件費などの名目で着服したお金もでしょうね」

メーリィが本を閉じる。

「落ち物にまつわる騒動は歴史上もいろいろありますが、身近で起こると楽しくなりますね」

「楽しいものか。犯罪だぞ」

「落ち物は悪くありません。使っている人が悪いんです」

メーリィは手であくびを隠し、だから、と続ける。

「懲らしめてしまいましょう」

ユーフィに渡してください、とメーリィは先ほどまでの会話を記録した紙をトールに渡してくる。

メーリィがベッドに入るのとユーフィが起き上がるのはほぼ同時だった。

第十三話　自分と戦うんだよ

起き上がったユーフィはメーリィが座っていた椅子にポスっと腰を落ち着けると、手を組んで天井に伸ばし、猫のように背中をそらして体をほぐす。

主張に乏しい胸が強調される仕草だったが、トールは特に何の感慨も抱かなかった。

「メーリィとの思考共有でどこまで聞いてる？」

「密輸の手口がツッドメタルに金貨を封入するものでほぼ確定ってところまでです。証拠集めが難問」

「こうも話がスムーズにつながると、別人と話している気がしないな」

説明の手間が省けて助かる反面、トールの方が混乱してくる。見た目が全く同じ一卵性双生児なのも混乱に拍車をかけた。

ユーフィはメーリィが寝る前に残したメモを流し読みすると、ペンをインク壺《つぼ》に突っ込んだ。

ユーフィがメモの裏面にすらすらと何かを書き始める。

「トールさんが拾った魔機手ですが、貨幣が仕込まれていた部分は手の甲と腕部分？」

「あぁ、間違いない」

「魔機手の作りが雑なのは『魔百足《まむかで》』の手製だからでしょう。工房に発注すると設計図と実物の金属板で厚みに差が生じてしまうので、仕掛けが明るみに出かねません」

魔機手の図を描いたユーフィは矢印で手の甲と腕の部分を示す。

「ダランディの関所で『魔百足』を止めて、魔機手すべてに火系統の魔法を当ててしまえば摘発は可能」

「それはやめたほうがいい」

トールは思わず口をはさむ。

怪訝《けげん》な顔をするユーフィに、トールは理由を説明する。

「魔機手は装着者の魔力を通して動かすんだ。頻繁に魔力を通したものはその魔力に馴染《なじ》んで別の魔力に対しての抗魔力を高めていく。日常的に魔力を流している魔機手ともなれば半端な火魔法だと温度が上がりきらないはずだ」

初めて知ったらしく、ユーフィは好奇心に駆られた様子でメモから顔を上げ、トールをじっと見つめた。

「Bランク冒険者への昇格条件は武装へのエンチャントですよね。それが理由？」

「あぁ、一部の強力な魔物の魔法を武装で弾《はじ》き返す、最低でも破壊されないようにするには武装の抗魔力が必要になるから、Bランクの昇格条件になっているらしい。身体強化でも対処はできるが、武装が破壊されると撤退するしかないしな」

エンチャントができないCランクの冒険者をいくら集めても強力な魔物や魔機獣にあっさりと無力化される。

冒険者ギルドは有事の際に冒険者を統括して魔物や魔機獣に対抗する組織である。

戦線を維持し、戦い続けられるエンチャントの使用者はランクを分けておかないと、エンチャントを使えない冒険者の敵前逃亡が多発し、戦場が混乱する。

武装もなしに魔物に対抗するのは自殺行為なのだから、逃亡する冒険者を無理に戦わせることもできない。

ユーフィが納得したように頷《うなず》く。

「つまり、エンチャントができるかどうかは攻撃力というよりも防御力なんですね？」

「理解が早いな。エンチャントの種類によっては直接的な攻撃力がなかったりする。甘い匂いを発するエンチャントとかな」

「戦えるんですか、甘い匂いで……？」

「工夫次第だな。甘い匂いのエンチャントの持ち主は魔物の嗅覚を狂わせて遠距離から仕留めてたけど。ともあれ、どんなエンチャントでも抗魔力は込めた魔力の量に比例するから、ちゃんとBランクになれる」

ギルドがランク付けするにあたり、重要なのはあくまでも継戦能力だ。個人の長所などを評価するなら序列で語る。

ユーフィが首をかしげる。

「トールさんは武装を壊されたことが？」

「幸いなことにないな。怪我《けが》はしょっちゅうしたけど」

地球に帰る方法を探して無茶なこともしたと、トールは記憶を掘り返して笑う。

脱線した話を戻すべく、トールは過去を振り返るのを中断し、口を開いた。

「そういうわけで、魔機手を加熱するなら別の方法が必要になる」

「お湯ですね。加熱すればいいだけなので薪《まき》で火をおこして空の鍋に魔機手を入れてしまうのもいいですけど」

「空鍋の方がいいだろうな。お湯を沸かすのは手間がかかる。水に火魔法をぶち込むと水蒸気が大量発生して視界がふさがれるから、最悪逃げられる」

トールの意見にユーフィも同意し、メモ書きに鍋で加熱と書き記す。

「料理レシピみたいだな」

「お金が入っていますし、クリスマスプディングみたいですよね」

「なんだ、それ。クリスマスはわかるんだが」

お金とクリスマスとプディングが線を結ばなかったトールは聞き返す。

ユーフィが首をかしげた。

「地球出身者なのになんでわからないんですか？」

「俺の出身は日本で、もともとはキリスト教文化圏じゃなかったんだよ。クリスマスケーキは食べていたけどな」

「そういえば、地球も多宗教でしたね」

「おいやめろ。宗教対立は深刻なんだ。地球規模でくると丸く収まらないんだよ」

「地球なのに丸く収まらないとは、これいかに」

「茶化すな」

また話がそれた、とトールは反省して強引に軌道修正する。

「金貨の密輸は関所で薪を使って魔機手を鍋に入れて加熱することで証拠を掴《つか》む。ここまではいいんだが、この方法をどうやって関所にいる役人に提案するんだ？」

ウバズ商会が金貨の密輸に絡んでいることは関所で目を光らせている役人たちも気づいている。

双子はウバズ商会の関係者だ。双子の提案をどこまで本気で聞いてくれるかはわからない。最悪の場合、双子を通じた『魔百足』の罠《わな》ではないかと警戒され、後手に回ってしまう。

「そうですねぇ。今日の夜のお出かけでハッランたちも警戒しているでしょうし、『魔百足』が出発日を前倒しにするかもしれません。役人に掛け合うのに時間はかけたくないですね」

ユーフィは魔機手を加熱した際に出る蒸気を吸い込まないようメモに注意書きをしながらトールをちらりと見る。

「トールさんは連絡手段を持っていますよね？」

「冒険者ギルド、ダランディ支部長との連絡ならできる。事前に打ち合わせをしてあるからな」

「そうだと思いました。多分、明日も訪ねてくると思いますが、連絡は早いほうがいいでしょう。摘発方法について連絡してください」

書き終えたメモを両手でトールに差し出し、ユーフィはにっこりと満面の笑みを浮かべた。

金の髪に縁どられたユーフィの笑顔はヒマワリのような華やかさ。見ればほとんどの人が美しいと賞賛するその笑顔を向けられて――トールは胡散臭《うさんくさ》いものを見るように目を細めた。

「最初から、連絡させるつもりでこの話をしてただろ。俺に密輸の手口や摘発方法を教えるなんておかしいと思ってたんだ」

「へそを曲げないでくださいな。頼りにしているんですよ？」

「連絡手段と支部長を、頼りにしてるんだろうが。その紙をくれ。支部長に送る。ところで、支部長は結婚してるか？」

「していますよ。ケンカするほど仲がいいご夫婦」

「それはいい。ラブレターに偽装しておこう。仲の良さを見せつけてもらおうじゃん」

「やめてください。協力が得られなかったらどうするんですか」

「冗談だって」

肩をすくめて、トールは服の内ポケットから薄い鉄の円盤を取り出した。

ユーフィから渡された紙を折りたたんで鉄の円盤の隙間《すきま》に詰めたトールは、外から気づかれないように窓を小さく開ける。

「あのあたりか……」

夜の町に目を凝らし、連絡員が潜む宿に狙いを定める。

身体強化を手首から先に施しながら、手元を隠して魔法を発動し、通りを二つ挟んだ宿の一室へと鉄の円盤を放つ。

ヒュン、と夜の帳《とばり》を割いて鉄の円盤が一直線に宿へと飛んでいった。

トールの横から一部始終を見ていたユーフィすら放たれたことに気づかないほどの早業だ。

窓を音もなく閉じると、ユーフィはようやくトールの手元に鉄の円盤がないことに気づき、手品の類《たぐ》いを疑ってトールの腕を取って袖口を覗《のぞ》き込む。

「まったく見えませんでした」

「身体強化をしてない奴に見抜かれてたまるか。これでもBランクだぞ」

窓の向こうの宿に目を向ければ、照明用魔機のオンオフを切り替えたのか、部屋の明かりが二度明滅する。連絡を受け取った合図だ。

「後は『魔百足』の動き次第だな」

「そうですね。夜はまだまだ長いですし、ボードゲームでもいかがですか？　メーリィが寝ているいまなら正真正銘、一対一の真剣勝負」

トールの返事も聞かずに、ユーフィはいそいそとボードゲームを出してくる。

「なんか、嬉《うれ》しそうだな？」

「私たちが起きていると思考共有で二対一になってしまいますから、こんな機会はめったにありません」

「あぁ、そういう弊害もあるのか」

やる気十分なユーフィが駒を並べ始める。

「いいぜ、付き合おう」

トールも明日に備えて仮眠をとっておきたかったが、ユーフィの顔を見て一勝負くらいは付き合ってもいいかと思えた。

ユーフィの表情が、修学旅行で友人たちが浮かべていたものとそっくりだったからだろう。

「真剣勝負です。手加減はしませんせん」

「いいだろう。だが、後悔するなよ？」

トールはにやりと笑いながら、慣れた手つきで自分の駒を並べていく。

ユーフィが警戒するように眉を八の字にした。

「後悔……自信があると？」

「逆だ。俺のあまりの弱さに罪悪感が芽生えるぞ。だが、真剣勝負は自分との戦いだ。打ち勝ってみせろ」

「トールさんと戦うはずが私自身と戦うことに!?」

第十四話　朝駆け……………………

「言うほど弱くありませんね」

ユーフィの評価を受けて、トールも言い返す。

「言うほど強くもないようだ」

ボードゲームは予想以上に白熱し、一進一退の攻防を見せていた。

密輸の手口の見極めといい、知的な印象を受ける双子だったが、片方が寝ていると起きているほうの個性が出やすくなるらしい。

勝負が白熱しているのはユーフィがどちらかというと直感型の打ち筋だったからだ。最善手の見極めが早い代わりに時間をかけて読み切るのは苦手らしく、五手先までしか読んでいない。

対するトールは謙遜していたもののそれなりには打てるほうだった。定石に持ち込んでしまえば経験で差を埋められる。

形勢はトールの方が悪いものの、予断を許さない戦況にユーフィが唸《うな》る。

「侮っていたつもりはありませんでしたけど、メーリィみたいな正確な手を打ちますね」

「定石は過去の積み重ねだからな」

おそらく、メーリィは知識を起点とした論理の組み立て、ユーフィは直感からの論理の組み立てが得意なのだろう。

双子がそろうと二つの頭で二種の論理組み立てをするため、半端な強さでは勝負にもならないと思われる。

一対一の勝負を喜ぶはずだと納得しながら、トールは駒を動かす。

たびたび繰り出されるユーフィの奇手で形勢が傾き、夜明け前の最も暗い時間にようやく勝負がついた。

「久しぶりに熱中して頭を使ったな」

程よい脳の疲れに浸りながら、トールは寝不足でかすむ目を休めるため窓の外を見る。

街灯に照らされた街並みを眺めていたトールは、馬車の車輪が石畳を走る硬質な音を聞いた気がして背もたれから背中を離す。

「……なんだ？」

まだ町を出るために通る関所も開いていない時間だ。馬車を走らせるには早すぎる。

ユーフィも音を聞きつけたのか、ボードゲームを片付ける手を止めた。

「従業員も寝静まったこの時間にお客様とは考えにくいですね。関所が閉まっている以上、行商人も考えにくい」

警戒するユーフィは立ち上がってメーリィを起こしに行く。

トールは窓の下の通りを見下ろした。

ちょうど二頭立ての荷馬車がウバズ商会の前で止まったところだった。御者台から飛び降りた若い男がトールを見上げる。

――ヤバッ！

男が身体強化をしたのを見て、トールは瞬時に窓から飛びのいた。

直後、窓ガラスをぶち破って木箱が部屋に投げ込まれた。

天井に当たった木箱は砕け、中に入っていた塩の袋をぶちまける。

「――な、なんですか!?」

起き抜けに塩まみれの部屋を見たメーリィが混乱して声を上げる。しかし、ユーフィとの思考共有で何が起きたのかを把握したらしく、すぐにベッドから体を起こした。

窓の淵《ふち》に魔機手が掴《つか》まり、装着者を持ち上げる。

馬車の御者を務めていた男だ。

耳を澄ませるまでもなく、階下も慌ただしくなっている。

窓から部屋に入ろうとした男はユーフィとメーリィを見て余裕のない焦った表情で声をかける。

「お嬢様、一緒に来てもらおうか」

「お断りします」

「時間がねぇんだよ。無理やりにでも――」

男は言葉を続けられなかった。

男の視界の端から高速で間合いを詰めたトールが鎖手袋に覆われた左拳で男の横面《よこづら》を力任せに殴ったからだ。

頬骨《ほおぼね》を砕く勢いで振り抜かれた拳に吹き飛ばされ、男は窓の外に飛んでいく。

トールは舌打ちした。

「まったく、お邪魔します、の一言も言えねぇのかよ」

軽口を叩《たた》きながら、トールは双子を見る。

「いまの『魔百足《まむかで》』の所属だよな。どうなってる？」

「わかりません。狙いは私たちの身柄のようですが、情報不足ですね」

ユーフィとメーリィが二人して首を振る。

一階の騒ぎが大きくなるのと同時に階段を駆け上がってくる重たい足音が聞こえてくる。

狙いが双子である以上、護衛のトールが何をするかは決まっていた。

「状況は不明だが、ここにとどまるとキリがないな。支部長と合流するぞ」

トールは双子を両脇に抱え、窓へと走る。

階段を駆け上がった足音が部屋のすぐ前まで来ていた。

身体強化をしながら窓に足をかける。

飛び降りるのと、部屋の扉が蹴破られるのは同時だった。

窓から脱出する間際、トールは肩越しに振り返る。

部屋に入ってきたのはハッランと『魔百足』の所属らしい魔機足を装着した冒険者の二人組だった。ハッランは直前まで寝ていたのだろう、ラフな部屋着姿だ。

「くそっ、逃がすな！　あの双子を確保しろ！　お前らは緊急マニュアルの通りに分散するんだ。急げ！」

ハッランが近隣住人の存在を忘れているかのように叫ぶ。

緊急マニュアルというくらいだ。ハッランたちにとっても、不測の事態が起きているらしい。

窓を飛び出したトールは待ち構えていた『魔百足』の下っ端を無視して馬車の荷台に着地し、双子を抱えたまま包囲へと真正面から突っ込む。

「正面からだと？　序列持ちでもねぇBランクが調子乗ってんじゃねぇぞ！」

飛び込んできたトールたちを捕らえようとした『魔百足』の下っ端たちが武器の柄《つか》に手をかける。

しかし、武器を構えようとした彼らは鞘《さや》に固定されたように動かない自分の武器を驚愕《きょうがく》の表情で見る。

「抜けない!?」

渾身《こんしん》の力を込めても鞘から抜けない武器に彼らが右往左往している間に、トールは双子を両脇に抱えて間を通り抜ける。

「良家の子女を連れ出すのに、この運び方は非紳士的」

「揺らさないでくれるのは好印象です」

ユーフィとメーリィの抗議を聞き流し、トールは狭い路地に入って双子を地面に下ろした。

「ウェンズがいない。というか、『魔百足』の主要メンバーがいないようだな」

Bランクの冒険者が包囲に混ざっていたら、双子を抱えたトールにむざむざ間を抜けられる愚を犯さない。武器が抜けなくとも、両手がふさがっているトールを集団で囲む選択をとれていないのは、彼らの連携のお粗末さを物語っていた。

「ギルドへ向かうぞ。邪魔する奴は俺が蹴散らすから、落ち着いて走れ」

ポーチから鎖戦輪《くさりせんりん》を取り出したトールは、追いかけてくる下っ端たちが路地に入ってこれないようにマキビシをばらまく。

「トールさん、ニンジャ?」

「由緒正しく歴史あるしがない農民の血筋だ。とにかく走れ」

冒険者ギルドに向かって走りだしながら、トールは耳を澄ます。

夜明け前、まだ静かなはずの時間帯だが、町の各所がざわめいている。

大事の予感に背中を押されるように、トールたちは冒険者ギルドへ走った。

第十五話　奇襲が流行ってるそうだ

双子は護身術を習っていた関係か、それなりに体力があるようだ。

先導するトールは肩越しに二人を振り返る。

綺麗《きれい》な姿勢で走っていた。思考共有もあって自分の走り方を外から見ることができるため、姿勢が洗練されているのだろう。

それでも冒険者であるトールの走りについてこられるわけではない。『魔百足《まむかで》』の冒険者たちも追ってきているはずだが、マキビシの効果もあってか姿は見えない。

視線を前に戻したとき、二階建ての宿の屋根から飛び降りてくる小柄な女性の姿があった。

思わず足を止める双子に、トールは声をかける。

「問題ない。宿に控えていた連絡員、味方だ」

トールの説明に頷《うなず》いた双子が再び走りだす。

連絡員の女性は大きく腕を振ってトールたちについてくるよう指示すると、先導して走りだした。

トールたちが追いつくと、女性は口を開く。

「すみません。手違いがあったようで、連絡が遅れました」

「構わない。状況を教えてくれ」

いま欲しいのはとにかく情報だ。トールが先を促すと、女性はほっとしたように続ける。

「まず、密輸手口に関しては支部長に伝わりました。そこから、衛兵へと連絡が回りました。ここまでは私が確認しています」

衛兵への連絡を済ませた後は宿で連絡員として控えていたため、ここから先は伝聞になると断りを入れて、女性は続ける。

「提案では関所の封鎖を行うはずでしたが、衛兵は『魔百足』が利用する宿に昨晩、薪《まき》が大量に運び込まれたのを確認し、現場を押さえることを決めたようです」

「……あぁ、そういうことか。無理もないな」

なんでもっと早く気づかなかったのかと、トールは自分の迂闊《うかつ》さを呪う。

ユーフィとメーリィも衛兵がなぜ早く動いたのかを察したらしい。

「積み荷の護衛である『魔百足』が関所を通るときは確実に完全武装」

「関所で密輸の証拠が挙がると、『魔百足』は強引に関所を突破してでも逃走を図ろうとしますね」

「曲がりなりにも冒険者の集団を相手に戦闘をすれば衛兵の方にも被害が大きい」

「それなら、準備が整っていないいまのうちに宿へ奇襲をかけてしまったほうが被害は少なくすみます」

双子はなぜ町中で騒動が起きているのかを理解し、申し訳なさそうな顔をする。

連絡員の女性は首を横に振った。

「町の住民への被害は心配なくて大丈夫です。衛兵はそのあたりのプロですから。むしろ、連絡が遅れたことを再度お詫《わ》びします」

「どうして連絡が遅れたんだ？」

トールが尋ねると、女性は困り顔で説明した。

「今回の容疑者が冒険者のクランだったこともあり、衛兵は我々からの情報漏洩《ろうえい》で奇襲が明るみに出るのを恐れたらしく、事後報告だったんです。もっと連携が取れていればと悔やむことしきりです」

「あぁ、それは誰も悪くないな」

支部長ですら、所属の冒険者が信用できず、双子の護衛をトールに任せたくらいだ。内情を知らない衛兵が万全を期すのなら事後報告になるのも当然だった。

「それで、何人取り逃がしているんだ？」

「宿で捕らえたのは十人と聞いています。しかし、クランリーダーであるウェンズを含めた主要メンバーは居所不明。重要参考人としてウバズ商会への臨検も予定されていましたが、道中で『魔百足』による攻撃を受けて態勢の立て直しを図っているそうです。馬車で突進されたのだとか」

トールは商館を飛び出す際に見た『魔百足』の下っ端と馬車を思い出した。

衛兵に奇襲を受けた『魔百足』は双子を人質に関所の突破を狙っているのだろう。加えて、ハッランとの合流を考えた。

いまごろは『魔百足』の主要メンバーとハッランを含むウバズ商会で密輸にかかわった何人かが合流しているはずだ。

「しかし、妙だな。いまさら双子を狙う意味がなさそうだが」

関所を突破するための人質が欲しいのなら、そこらの民間人を拉致したほうがよほど手っ取り早い。何しろトールのような護衛がいないのだから。

冒険者ギルドがそばに立つ防壁が見えてきた。

角を曲がれば冒険者ギルドへは一直線というところで、トールたちは道を封鎖するように立つ男たちを見て足を止めた。

「ハッランにウェンズ……」

連絡員の女性が苦々しい顔で呟《つぶや》き、一歩後退する。

道を封鎖しているのはウェンズたち『魔百足』の冒険者十名。加えてハッランの他、ウバズ商会で見かけた従業員が三名いた。

ウバズ商会から馬車を使って先回りしたらしい。何としても双子の身柄を確保したいという強い意志を感じた。

ハッランが悔しそうな顔でユーフィとメーリィを見る。

「たった一晩、目を離しただけで密輸手口を暴くとは……これだから天才の類《たぐ》いは嫌なんだ。それとも、悪魔と契約でもしているのか？」

声をかけられたユーフィとメーリィが呆《あき》れのため息をつく。

「自らは無知だと、恐れずに認めなさい」

「恐れた挙句に悪魔にでも教わったかと誹謗《ひぼう》中傷を始めるなんて、あさましいですね」

「自らの不勉強を省みず、知識を持つ者への敬意も抱かず、排除して心の安定を図ろうとしてばかり」

「だから、ウバズ商会には人がいなくなりました。もちろん、止められなかった私たちにも責任はあります」

「ですが、いままさに責任からも逃げ出そうとするあなたに罵《のの》られるいわれはありません」

うわ、フルボッコだな、とトールは敵ながらハッランを憐《あわ》れに思う。

そんな同情の視線が方々から向けられていることにハッランは顔を赤くした。

「好き放題言ってくれるな。凡人の気持ちなんてわからないだろう。あの規模の商会を動かすのがどれほど大変か。前商会長に義理立てするばかりで指示もろくに聞こうとしない連中ばかりだ。挙句にお前ら双子の方が商会長の器だと抜かす。ふざけるな。人が立てた計画通りに動けもしない分際で——」

「旦那、話はそこまでだ。あれは単なる時間稼ぎだ。話を聞いてなんかいねぇよ」

唾を飛ばして反論しようとしたハッランをウェンズが止める。

ここで時間を稼げば衛兵がやってくる。双子の目論見《もくろみ》を的確に見抜いて、ウェンズは大剣を抜きながらトールたちに警告する。

「時間がないんでな。大人しく投降しろ。双子の命は保証する。その姉妹の知識があれば、作った資金でいくらでも再起が図れるからな」

二メートル近い刃渡りの大剣を構えるウェンズの左右に二人ずつ、魔機手も魔機足も装着していない冒険者が立ち、武器を構える。小型の盾に小剣、両手持ちの槍《やり》、それぞれが二人ずつだ。『魔百足』の中枢メンバー、ウェンズ率いるBランクパーティだろう。

ウェンズたちの戦力を見て、連絡員の女性が後ずさりつつ、トールたちに小声で声をかけてくる。

「ギルドに駆け込むのはあきらめて、衛兵の詰め所に向かいましょう」

当然ともいえる提案だったが、トールは面倒くさそうに鎖戦輪《くさりせんりん》を片手で弄《もてあそ》ぶ。

「必要ない。ここで蹴散らせばいいしな」

トールが武器を構えたのを見て、ウェンズが鼻で笑う。

「おいおい、ボッチBが粋がるなよ。時間稼ぎにもならんぜ？」

「……俺、二徹なんだわ」

「は？」

「昨夜はボードゲームで徹夜、その前は記念日で飲み明かして徹夜、いま、二日続けて徹夜してるわけ。意識したらめっちゃ眠くなってきてさ。早く終わらせたいわけ」

じゃらじゃらとトールが鎖戦輪の先端を持って一歩、前に踏み込む。

「ボッチをなめるなよ。数を頼みに勝てると思うならやってみろ」

トールが鎖戦輪の先端に当たる戦輪《チャクラム》を片手で軽く投げた次の瞬間、轟音《ごうおん》がとどろいた。

それは雷鳴にも似た一瞬の轟音。

鎖が激しくこすれあう金属音が幾重にも重なったものだとウェンズたちが理解したとき、彼らの背後で五つ、重たいものが倒れる音がした。

ウェンズたちは、背後に控えていた部下がなすすべもなく倒されたのだと、音で察する。

じゃらじゃらと、鎖戦輪が舞い踊り、トールのもとへと戻っていく。鎖戦輪にはトールの魔力によるエンチャントが施され、赤い雷が散っていた。

あの特殊な武器が、ウェンズたちの後ろを轟音とともに強襲し、部下をなぎ倒したのだ。

もはや、ウェンズたちがトールを見る目に侮りは一切なかった。

「……赤い雷のエンチャント、ソロBランクの冒険者」

トールの特徴から正体に気づいたウェンズたちから余裕が完全に消え去った。

「――序列十七位、赤雷《せきらい》!?」

第十六話

序列持ち

ギルドのランク制度は依頼の割り振りを最適化するためのものであり、必ずしも冒険者の能力を表してはいない。

　Cランク昇格条件である魔機獣の討伐ができなくても捕捉が難しい特殊な魔物や魔機獣を追跡する能力を持つ冒険者などが低ランクに埋もれてしまう事態を改善するために設けられた評価制度が冒険者ギルド序列だ。

　ソロ、パーティを問わずギルドへの貢献度や戦闘能力、索敵、追跡、斥候などの基準から総合的な能力を評価された五十位までの番付である。

　中でも、序列十七位赤雷《せきらい》はBランク冒険者で最高の順位であり、ソロでありながら純粋な戦闘能力のみでこの順位にいる。

　ウェンズは冷たい汗が背中を流れるのを感じていた。

鎖戦輪《くさりせんりん》が宙を舞う。トールが最小限の腕の動きで操る鎖戦輪は赤い雷を散らしながら龍のようにうごめいていた。

『魔百足《まむかで》』の部下を蹴散らした鎖戦輪の速度は身体強化なしに反応できるものではなかった。ウェンズたちBランクパーティは目で追えていたが、ウェンズの得物である大剣はどうしても振りが遅く、防御するのも一苦労だろう。

そもそも、とウェンズは仲間と目配せしあう。

トールの間合いが広すぎて、誰も攻撃に移れない。

「……突撃陣形でいく」

ウェンズが仲間に指示を出すと、小盾持ち二人がウェンズの斜め後ろに下がり、左右を防御し、槍《やり》持ち二人がウェンズを盾に正面へと槍を構えた。ウェンズ自身は大剣で身を隠して前面の防御を担う。

トールを倒す必要はない。目標はあくまでも双子の身柄なのだから。

ウェンズが走りだしたのに合わせて、五人全員が動きだす。腐ってもBランクのパーティだけあって息の合った走りだしだ。

距離はあるが、全力で駆け抜けられる。身体強化も施したウェンズたちの速度は短時間であれば馬と並走できるほど。

「――うらぁああ！」

全体を鼓舞するためにウェンズが雄叫《おたけ》びを上げる。

ウェンズの後ろに控えていた二人が槍を全力でトールに投げつけ、サブウェポンであるダガーを鞘《さや》から抜き放つ。

彼我《ひが》の距離は半分まで縮まっている。投げられた槍に対処する時間も含めれば、間合いに入れる。

――そう、思っていた。

トールが無造作に腕を振る。

雷鳴がとどろいた。

赤雷が舞い散った。

投げられた槍が鎖戦輪に弾《はじ》き飛ばされた。

そこまでを認識したとき、ウェンズの体は宙を舞っていた。

「……は？」

何が起きたのかわからず、思わず疑問の声が漏れる。

背中から地面に落ちたウェンズは反射的に受け身を取り、大剣を正面に構えて状況を把握するべく素早く視線を巡らせる。

槍持ち二人が地面に倒れていた。四肢に深い裂傷がある。立ち上がることもできずにうめいていた。

小盾持ちの二人が粉砕された小盾を見て唖然《あぜん》としていた。

鎖戦輪が鞭《むち》のように音速で振り回され、ウェンズたちを蹴散らしたらしい。

鎖戦輪がまるで見えなかったことに、ウェンズは戦慄《せんりつ》する。

間合いに入り込めないばかりか、攻撃を目視できない。

ただの一撃でBランクパーティが一掃され、ほぼ全壊した。

「勝てるはずがない……」

折れて転がる槍を見て、誰かが呟《つぶや》いた。

「弱気になるな！　陣形を組みなおせ！」

仲間の畏怖《いふ》を塗り潰《つぶ》すように、リーダーであるウェンズは吼《ほ》える。

我に返った仲間二人が小盾を捨てて合流し、小剣を構える。

直後、視界を赤い光が蹂躪《じゅうりん》した。

響き渡る雷鳴が鳴りやむと同時に、小剣を構えた二人が地面に膝をつく。背中から血を流していた。

赤い雷光と共に鎖戦輪が鞭のように背中側へと回り込んで斬り裂いたのだ。

ウェンズは気づく。

トールは戦闘開始地点から一歩も動いていないことに。

ウェンズは深呼吸を一つすると、大剣を肩に担いで姿勢を低くする。

「……あぁ、ちくしょう、格上とガチるのはいつぶりだ？」

久しく忘れていた感覚に苦笑しながら、ウェンズはトールに狙いを定める。

四年前、ダンジョンで見つけた不思議な金属。お湯で融《と》けてしまうその金属を使って魔機の素材を密輸したのが始まりだった。

冒険者稼業は命がけだ。しかし、武装に旅装に宿泊費と何かと金がかかる。低ランクで粗末な装備をようやくそろえて出かけた先、強力な魔物や魔機獣に出くわして死亡する者が後を絶たない。

Bランクまでたどり着いた自分たちが少しくらい良い目を見てもいいじゃないかと、そんな出来心から始まった密輪だった。

四肢の欠損により魔機手や魔機足をつけることになった低ランクの冒険者をそろえてクランを結成したのは、密輪をしやすくするためだった。だが、同情心と共感があったのも否定できない。

自分たちが四肢を失わなかったのは運が良かっただけなのだからと。

格上と出くわしたらとにかく逃げる。それが冒険者として長く生きるコツであり、ウェンズたちが深手を負わなかった理由のはずだ。

密輪に手を染め、もう命を懸けて戦う必要もなくなったはずのいまになって、格上を相手に引くこともできなくなるとは何の因果か。

「自業自得か」

苦笑と共に覚悟を決めて、ウェンズは走りだす。

愛用の大剣に魔力を纏《まと》わせ、大剣を起点に魔法を発動する。

大剣が突風を纏った。肩に担いだ大剣が風の奔流を作り出し、ウェンズがさらに加速する。

トールが腕を振った瞬間、ウェンズは大剣を勢いよく振り下ろす。

周囲に暴風が吹き荒れ、風にあおられた鎖戦輪が減速、ウェンズが目で追える速度になった。

「つしゃおらあ！」

恵まれた体格と暴風を頼りに、振り下ろしたばかりの大剣を跳ね上げて鎖戦輪を迎撃する。

弾き飛ばされた鎖戦輪が空に打ち上がる。

勝てるとは思わない。だが、一矢報いたい。腐っても冒険者なのだ。

鎖戦輪が引き戻されて次の攻撃につながる前に、大剣の間合いにトールを捉えて一撃を入れる。

そう目論《もくろ》んでいたウェンズは金属がこすれあう不快な音を聞き、反射的に大剣を見た。

大剣に鎖戦輪が絡みついている。バチバチと赤い火花を散らす鎖戦輪は獲物を前に舌なめずりする赤い龍のように見えた。

トールとの体格差を考えれば、引き合いになっても腕力で負けるとは思わない。それでも、Bランクまで到達したウェンズの戦闘勘が警鐘を鳴らす。

——大剣を奪われると。

大剣の柄《つか》を持つ両手にありったけの力を込めた次の瞬間、ウェンズは釣り上げられた魚のように空を飛んでいた。

トールを見る。

腕を動かしていない。

だが、鎖戦輪はそれ自体が意志を持っているかのように、縦横無尽に宙を舞う。

「……磁力か!?」

鎖戦輪に施されたエンチャントが磁力を発生させ、鎖と戦輪《チャクラム》、それぞれの磁場を操って反発力と吸引力を調整、腕を動かすことなく鎖戦輪を複雑に操っている。腕を振る前動作はブラフだ。からくりを見抜いても、すでに勝負は決していた。

鎖戦輪が地面に振り下ろされる。捕らわれた大剣が引き寄せられ、地面へと突き進む。

ウェンズは苦渋の決断を下し、大剣を手放した。

地面に足をつけたウェンズはトールに向かって駆ける。徒手空拳となっても、諦めない。

トールが笑みを浮かべた。

「なんだ、冒険者らしいことできるんだな。もう遅いけど」

トールの言葉に、まったくだ、とウェンズは内心で同意する。

トールが鎖戦輪を手放した。わざわざ肉弾戦に付き合ってくれるらしい。

最後に冒険者らしい意地を見せたウェンズに応えたのだろう。

大男のウェンズが身体強化を施した拳は風を鋭く切り裂き、トールの顔面へと向かう。

直後、赤い火花が散った。

目にも留まらぬ速さでトールの左手が動き、ウェンズの拳を横から軽々と弾き飛ばす。両手の鎖手袋に赤雷を通し、磁力の反発を利用して腕を加速したのだ。

拳を弾かれてがら空きとなったウェンズの胴体へ、トールが右手を構える。

「俺のデコピンは強烈だぞ？」

赤雷を纏う右手の中指に親指が添えられ、弾かれる。中指一本の衝突では到底出ないはずの炸裂《さくれつ》音《おん》が響き渡り、ウェンズの脚が宙を浮く。

目を見張るウェンズの前で、トールがポーチから素早く鉄の棒を取り出した。

「生け捕りだからさ。感電してろ」

トンっと添えられるようにウェンズの胸に鉄の棒が押しつけられた瞬間、赤い閃光《せんこう》と激痛に苛《さいな》まれ、ウェンズはその場に倒れ伏した。

体中の筋肉が弛緩《しかん》して動けない。

思わず笑ってしまいそうなほどの実力差だった。

「おっ、悪あがきするのか」

何のことだ、とピクリとも動けないウェンズが疑問に思った直後、白い煙が戦場全体を覆った。


頼りにしていたウェンズたち『魔百足』が一方的に蹴散らされる様を目の当たりにしたハッランは頭痛を覚えて額を押さえた。

計画通りに進んでいたはずだ。金貨も十分に蓄えつつあった。

だというのに、たった一晩、たった一晩ですべてがひっくり返った。

落ち物の不思議な金属を使った金密輸がばれるはずがない――しかし双子を一晩野放しにしてし

まっただけで明るみに出てしまった。

ダランディに『魔百足』以上の武力の持ち主などいるはずがない――しかし、たった一人のイレギュラーが『魔百足』を蹴散らした。

計画は雷鳴と共に根底から覆されているが――緊急マニュアルは用意してあった。

ウェンズが倒されると同時に、ハッランはこの事態に備えて用意していた魔機を起動する。

魔石を動力源に動く機械、魔機の中でも逃走用の品だ。

瞬時に白い煙幕が展開され、ハッランは身をひるがえした。

逃げなくてはならない。

商品開発力がないハッランにとって双子の豊富な知識は是が非でも欲しいものだったが、それでもここで捕まるよりは逃げたほうが損失は少ない。

密輸した金貨はダランディの外部にあるのだ。計画は練り直しになるが、豊富な資金を元手にどうにか再出発するしかない。

全力で駆け抜ける。ウェンズから教わった身体強化のおかげでそれなりの速度は出るが、本職相手には分が悪いはずだ。

脇道に入り、用意していた魔機を展開する。瞬時に細い脇道をふさぐ石の衝立《ついたて》が魔力で形成された。

ひとまず、これで時間は稼げるはずだ。

退路確保のために脇道に配置していた部下がハッランを見て目を丸くする。

「ハッランさん、一人ですか？　ウェンズさんたちは？」

「やられた。時間がない。逃げるぞ。急げ！」

部下を急《せ》かして脇道を駆け抜ける。

緊急マニュアルに沿って持ち場を守っていた部下たちを回収しつつ、石の衝立を展開していく。

衛兵の動線や道幅の関係で展開できる戦力などをハッランが自ら算出して作った逃走経路だ。各所で合流した部下たちも十人を数え、順調に逃走できている。

「順調な逃走……ははっ」

計画通りとはいえあまりにも後ろ向きだと、ハッランは自重する。

だが、追っ手の姿はない。完全に撒《ま》けたはずだ。

逃走用に確保してあった避難用の地下通路が見えてくる。

守備に当たっている衛兵の姿はなく、頑丈な鉄扉は開け放たれていた。部下がマニュアルに従ってうまくやってくれたのだろう。

もともとは、ダランディが魔物や魔機獣に包囲された際に市民が脱出するためのものだ。

戦力が整わない中での逃走に不安を隠しきれない様子の部下たちも、地下通路に続く鉄製の扉を見つけて安堵《あんど》したような顔をした。

鉄扉の横にある茂みから部下が出てくる。

「ハッランさん！　いつでも地下道を通れますよ！」

「よくやった。これで全員だな？　このままダランディの外へ出るぞ。おい、捕らえた衛兵を人質にするから――」

ハッランは最後まで言いきる前に、思わず口を閉ざした。

――地下通路の鉄扉が赤雷を纏い、ひとりでに、勢いよく閉じたからだ。

「これで全員？　なんだよ。割と人望あるじゃん」

あくびしながらハッランたちに後ろから声をかけたのは、トールだった。

ハッランは青い顔でトールを振り返る。

「馬鹿な……。土地勘のある衛兵ならいざ知らず、なんで追いつける……？　双子はどうした？」

「あぁ、双子ならちゃんと俺がギルド支部長のもとに送り届けたぞ。衛兵でも、ダランディ所属の冒険者でも、ハッランや『魔百足』の息がかかっていないとも限らないしな。仕事は最後までやり遂げるんだ」

飄々《ひょうひょう》と言って、トールは笑って肩をすくめる。

ハッランは額に青筋を立てて声を荒らげた。

「ふざけるな！　なおのこと追いつくはずがない！　衛兵だってまだ追ってきていないんだぞ!?　完全に見失った状態からどうして追いついた？　偶然か？　どんな強運をしてるんだよ！」

「……運がないからこんな世界に落っこちたんだ。運があったら、地球に戻ってただろうさ」

すっと真顔になったトールが吐き捨てるように言いきった。

「それと、最初から見失ってないぞ。ハッランさ、護身用に鉄製のナイフを持ってるだろ。その金属反応を追ってきた」

トールに言われて、ハッランは胸を押さえる。トールの言う通り、上着の内ポケットに護身用のナイフを忍ばせている。

「……金属を探知できるのか？」

「できるぞ。大まかな形状や大きさもわかる。一度捕捉すれば、こうやって追いかけることもできる」

にやりと笑って、トールは拝むように鎖手袋に覆われた両手を合わせた。

「双子の部屋を出るとき、緊急マニュアルが何とかって言ってただろ？　しばらく泳がせておけばハッランに従う連中を一網打尽にできるかなって思ったんだけど、読み通りだったわ。俺もこの仕事を終えたらゆっくり寝るから、お前らは先に寝とけ。じゃあな」

言うが早いか、トールの姿が掻《か》き消える。

周囲の建物に、地面に、赤い閃光が駆けまわる。

バタバタと感電した部下たちが倒れていく。

ハッランは呆然《ぼうぜん》と立ち尽くし、倒れる部下を見回すしかない。トールの姿すら目で追えないのだ。

ハッランは感電か無力感か、判別もできないまま地面に膝から崩れる。

「化け物が……」

その呟きを最後に地面に倒れ込んだハッランのそばに立ったトールは苦笑した。

「そんな俺も、睡魔には抗《あらが》えないんだ。あぁ、眠い」

第十七話　投資のお誘い

「――よく寝たぁ」

宿の一室で目を覚ましたトールは窓を見る。すっかり暗くなった空に星がいくつか瞬《またた》いていた。

双子をギルド支部長に引き合わせ、ウェンズたち『魔百足《まむかで》』とハッラン及びその部下を蹴散らして衛兵に引き渡し、さらには衛兵からの事情聴取に付き合って宿に帰ってきたのが昼ごろ。その後、半日近く眠っていた計算になる。

上半身を起こすと同時に腹が鳴る。

事情聴取の際に衛兵の厚意で軽食をつまめたが、朝からまともな食事をとっていない。

空腹を訴える腹を撫《な》でながら、トールはベッドを出た。

「……で、なんでいんの、お前ら？」

なぜか部屋にいる双子に問いかける。

双子はボードゲームに興じていた。一人遊びなのか二人遊びなのかわからないが、双方ともに真剣な顔だ。盤面を覗《のぞ》いてみれば、昨日のトールとユーフィの勝負を再現研究している。

双子がそろってトールを振り返る。

「食べに行きますか、夕食？」

「寝顔、ごちそうさまでした」

「お粗末さまでしたっと。質問に答えろよ」

髪に櫛《くし》を通しながら再度聞くと、双子が説明してくれた。

「事後処理が済んで沙汰も下りました。その報告」

「早いな」

「手早く処理しないとウバズ商会が焼き討ちに遭いかねないと、手続きをいくつか飛ばしたようですね」

ちょうど、徴税官が動き始める時期で税に対する意識が高くなっていたところに密輸騒ぎ。それも金貨が不足して人々の生活にも影響が出始めていただけあって、各所から恨みを買っているらしい。

冒険者クラン『魔百足』が密輸の実働部隊を担っていたため支部長も町議会に呼び出されて事件の概要説明などをしており、双子のそばにいてやれない。

だったら、トールのもとに送り込んでしまえば安全が確保できると支部長は考えて、寝込みに侵入させたらしい。

「冒険者がよく利用する宿なので、頼んだらすぐに開けてくれました」

「今度から部屋の施錠は宿の設備に頼らないほうがいいですね」

「肝に銘じておくよ」

身支度を整えたトールは、どうせならと双子に声をかける。

「新鮮野菜が食べられる店を紹介してくれ。温かいポタージュもあると嬉《うれ》しい」

「冒険者ってお肉ばかりを食べているイメージでしたけど」

「体が資本だからな。栄養バランスを考えるんだよ。あんまり詳しくないけど」

「栄養学ですか。ノータッチですね」

双子と共に宿を出る。昨日の朝、金貨との両替を頼んできた宿の主《あるじ》が複雑そうな顔で双子を見ていた。

道中も、すれ違うダランディの住人が複雑そうな目を向ける。手をつないで歩く双子は周りの目をあまり気にしていない様子だった。

「ハッランやウェンズなど、密輸にかかわった者たちは逮捕されました。ハッランは念入りに逃走計画を準備していたようです。捕らえたトールさんの功績は大きいですね」

「トールさん、赤雷《せきらい》だったんですね。私たちでも知っている冒険者です。なぜ、言ってくれなかったんですか？」

「二つ名は勝手につけられるんだ。自分で名乗るのは恥ずかしいんだよ」

そうでなくとも、戦闘スタイルを如実に表す二つ名だけに対策を取られかねないため、トールはあまり自分から名乗ることはしない。

「ウバズ商会はどうなる？」

「賠償金を課せられました。クッズム金貨にして二千七百枚。懲罰というよりは見せしめに近いものですね」

「……払えるのか、それ？」

クッズム金貨が一枚あれば、成人男性の一年分の食費を賄って多少の贅沢《ぜいたく》ができるほどの余裕がある。農耕地の維持が難しく食料品が高いこの世界で、だ。

前金で金貨を数枚もらうトールはこの世界では相当な金持ちの部類だが、二千七百枚を即金で用意しろと言われればお手上げである。

案の定、双子は首を横に振った。

「当然、払いきれるものではありません。経営状態が悪化していましたから」

「ひとまず、私たちの手持ちの資産や落ち物に関する本などをウバズ商会に低額購入させた後、ウバズ商会名義で競売にかけて払いきる予定」

「あぁ、あの本棚のやつか」

落ち物の原本はオークションに出ればクッズム金貨十枚以上からスタートする。

双子の蔵書はページの抜けもない完品ばかりで希少なため高値で取引されるはずだ。しかるべきところに持っていけば金貨千枚は軽く超えるだろう。

引き換えに、双子は一切の資産を失う。

「私たちはウッドメタルを用いた密輸手口の情報提供や密輸そのものにかかわっていない軟禁状態であったことを考慮され、罪には問われませんでした」

「それでも、ウバズ商会は潰《つぶ》すしかありませんね。もはや信用も従業員も資金もないですから、再出発は望めません」

信用を失ったのはウバズ商会だけではない。

トールはすれ違う人々の視線を無視して、ため息をつく。

目の前の双子は資産だけでなく、信用も働き口もないのだ。

しかし、双子に悲壮感は見られなかった。

「ハッランの動機ですが、裏金の密輸で蓄えた元手を使い、どこかの都市で自分の子飼いだけを雇った商会を始めるつもりだったようです」

「自分に従う従業員だけではウバズ商会を維持できないとハッランも考えていたようですね」

「ウバズ商会の規模を縮小すればいいだけだろうに、プライドが許さなかったんだろうな」

もう会うこともないだろうハッランの顔を思い出す。

最終的にはトールが追いついたが、ダランディの衛兵は完全にハッランたちを見失っていた。

双子の批評通り、ハッランの立てた計画は有効だったことになる。

惜しむらくは、人の上に立つ器がなかったことだ。

「このお店です」

ちょうど事件に関しての話が終わるタイミングで、双子が足を止める。

知らなければ民家にしか見えないが、メニューが書かれた黒板が入り口横に出ていた。植木に半分以上も隠れていて、なかなか気づけそうもない。

入ってみると、意外にも広々としていた。青々とした観葉植物が店の奥に置かれている。客はあまり入っていないようで、席は八割以上が空いていた。

双子を見た店主が気を使って、奥のテーブルを使うよう促す。仕切り板があるため、奥のテーブルであれば人目を気にすることもないだろう。

テーブルについていくつかの注文を済ませたトールは、対面に並んで座る双子を見る。

「二人はこれからどうするんだ？」

「養子にならないか、と誘われています」

「支部長に？」

「はい。両親の古い友人ですから、面倒を見ると。冒険者として現役時代に私たちの両親から何度も金銭的な援助をしてもらったから恩返しをしたいのだとか」

ダランディ支部長は何かと双子を気にかけていた。そういう事情があったのかとトールは納得する。

前ウバズ商会長夫妻はやはり人格者だったらしい。

「でも、二人は乗り気じゃないみたいだな？」

トールが指摘すると、双子は驚いたような顔をする。

「よくわかりましたね？」

「養子になってこの町に残るつもりなら、二人の態度は支部長の評判にもかかわる。その気ならもうちょっと愛想よく振る舞うだろう」

宿からこの店までの道中、ユーフィもメーリィもすべての人間を無視していた。

ウバズ商会がなくなるとはいえ、取引先への顔出しと事情説明などをしておけば、多少の不便はあっても町で暮らしていくことができるはずだ。

密輸事件の解決に双子が協力したことが発表されれば、陰口は叩《たた》かれても大っぴらな批判もされにくい。

「それとも、これから俺を護衛にしてあいさつ回りにでも行くか？」

「いいえ、それには及びません。トールさんの言う通り、私たちは養子にはなりません」

「トールさんに提案したいことがあります」

ユーフィとメーリィは姿勢を正してトールに切り出す。

「私たちに投資しませんか？」

「投資？」

意外な単語に思わず聞き返す。

ユーフィとメーリィが同時に頷《うなず》く。

「心機一転してこの世界で死ぬことを前提にすると決めた、とトールさんは言いました。ですが、いまもふとした瞬間に地球に戻ってしまうかも、という不安は消えていませんよね」

「ならば、その不安を理解している私たちとこの世界に居場所を作りましょう」

「私たちの知識はきっとあなたの役に立ちます。足手纏《あしでまと》いにはなりません」

「あなたが突然地球に帰ることになっても、自分からついていくと決めたので、置いていかれることに不満は言いません。不義理を恐れることはありませんよ」

投資というだけあって条件を並べる双子を、トールは片手で押しとどめる。

「そうきたか」

腕を組んで唸《うな》る。

年ごろの見目麗しい少女二人だ。護身術を学んでいるとはいえ、町の外に出ればどうなるかわからない。

町を出ていくには護衛が必須だが、いまの二人に雇う金はない。

だが、二人の知識量を知っていて、二人を守る能力があるトールが相手ならば自分たちを売り込むことは可能だと考えたらしい。

実際、提示された条件は悪くない。

この世界で生きて死ぬ、そう覚悟を決めてもいまだに不安がぬぐえない半端なトールにとって、二人との関係を継続するのはよいリハビリになるだろう。

トールはしばし考えた後、注文していた飲み物が来たところで決断した。

「これから、よろしく頼む」

「はい、よろしくお願いしますね」

グラスを掲げると、ユーフィとメーリィも応じて乾杯する。

「ところでトールさん、私はユーフィだと思いますか？」

「それとも、私がユーフィだと思いますか？」

「……ひとまず、二人の見分けがつくように頑張るとするよ」

第十八話　お墓参り

「事後報告となって申し訳ありません、お父様、お母様」

双子がそろってウバズ商会倒産までの経緯を墓石に語りかけている。

墓地の管理人と紅茶を飲みながら、トールは二人の姿を見守っていた。

「それじゃあ、双子の両親を手に掛けた連中はもう？」

「ええ、処刑されています。かなりの数の出資者が賞金を懸けたそうですよ」

墓地の管理人は曲がった腰をさすりながら答えてくれた。

「気のいいご夫婦でしたし、手の及ぶ範囲は助けようといろいろ慈善事業をしてましたから」

「道理でお墓も立派なわけだ」

「冒険者さんにはうらやましいですか？」

「どうでしょうね。死ぬと思ったことはほとんどないですから、自分の墓と言われてもぴんとこない」

「お強いんですね？」

「そうでもないですよ」

「――お前が強くないなら、この世界に強い奴なんかいねぇよ」

管理人との世間話に割って入った声に顔を向ける。

ダランディ支部長が歩いてくるところだった。隣には妻らしき女性の姿もある。

トールは二人が座れるように席をずれながら口を開く。

「事情聴取その他は終わったのか？」

「おう。証拠品のウッドメタルも押収した。密輸されていた金貨も七割ほどは残っていた。金貨の処置に関してはもめてるが、もう知らん。後は財政を仕切ってる連中の仕事だ」

清々した、と支部長は腕を組んでふんぞり返る。

静かに支部長の隣に座った妻の方が墓石の前にいる双子を見て優しく目を細めた。

「大きくなりましたねぇ」

「自分の行く末を自分で決められる歳だからな。まさかこの優男《やさおとこ》が持っていくとは思わなかったが」

ぎろりと三白眼で睨《にら》みを利かせてくる支部長に、トールは肩をすくめた。

「双方に利益のある提案だったから受けたんだよ。文句があるなら二人を説得すればいい」

「あの二人に口で勝てると思うのか!?」

「男なら口ではなく背中で語れよ。ほら、見ててやるから、上半身裸になっていってこいや」

「いけるか、馬鹿野郎。年ごろの娘には気持ち悪がられるだけだ」

むすっとした顔でそっぽを向く支部長に、妻が笑う。

「この人、お風呂上がりに上半身裸でくつろいでいたら娘に白い目で見られたのがトラウマみたいで」

「言うんじゃねぇ」

「あらあら、まぁまぁ、照れちゃって。こんな背中は私にだけ見せておけばいいんですよ」

支部長に遮られても一切怯《ひる》む様子がないどころか、支部長の背中をバンバン力任せに叩《たた》いている。

ケンカするほど仲がいい夫婦とは双子の談だが、ケンカにすらなっていない。

支部長も妻には敵《かな》わないと知っているらしく、話題を変えた。

「それで、ダランディを出てどこに向かうんだ？」

「とりあえず、フラーレタリアに行こうと思ってる」

「フラーレタリアか。目的はダンジョンだな？」

さすがはギルドの支部を預かるだけあって、すぐに目的に思い当たった支部長の予想を頷《うなず》いて肯定する。

フラーレタリアは有名なダンジョン都市だ。

五十年ものあいだ攻略されずに残っているダンジョンと共に発展してきた特殊性から冒険者が多く集まり、金払いのいい冒険者を当て込んだ各種商売やダンジョン産の落ち物の販売収益で賑《にぎ》わう都市でもある。

トールは茶菓子に手を伸ばす。

「双子は文無しで、俺もそれほど金に余裕がない。ちょっと稼ごうと思ってな」

「金に余裕がない？　序列持ちのお前が？」

なぜ、と支部長が不審がる。

Bランクの冒険者に直接依頼をする場合、報酬には金貨が必要になる。

まして、序列持ちともなれば強力な魔物や魔機獣も討伐できるため、依頼を受けなくとも大金持ちになるのはたやすい。

「散財してたからな」

「若いから仕方ないか。だがな、これからはユーフィとメーリィもいるん――」

「あなた、人の財布に口を突っ込まないの」

妻にぴしゃりと窘《たしな》められ、支部長が渋い顔をする。

トールは苦笑した。

「旧文明関連の品や落ち物の収集をしてたんだ。もう手を出すこともない」

トールがあまり金を持っていないのは、地球に帰還するための情報集めを目的に様々な手がかりを収集していたからだ。

だが、十年日を迎えて諦めたため、もう収集することはないだろう。

「——実に興味がありますね、トールさんのコレクション。私たちのコレクションは売ってしまいましたから」

「お墓参りが終わりました。トールさん、お花をありがとうございます」

墓参りを終えたユーフィとメーリィが会話に割って入る。

「ユーフィ、コレクションは俺の拠点においてあるからすぐには見せられない。まずはフラーレタリアでダンジョンに潜って稼ぐところからだ。二人の戦闘訓練もしたいしな。メーリィ、花は二人の両親に対しての礼儀だ。今度は三人でそれぞれに買ってこよう」

二人それぞれに言い返したトールは紅茶を飲み干して立ち上がる。

「予定より少し早いがもう行くか？」

「そうですね。皆さん、お世話になりました」

ユーフィとメーリィが支部長たちへと丁寧に頭を下げ、トールの左右に並んで歩きだす。

ユーフィがトールの顔を覗《のぞ》き込んだ。

「私たちのこと、あっさりと見分けるようになりましたね」

メーリィも逆方向からトールを見上げた。

「金属製品を身につけているとそれを根拠に見分けられると思って、外しておいたんですけどね」

金属製の装飾品すら徹底して取り除いていた理由はそれかと、トールは苦笑する。

「だんだん慣れてきたからな。最終試験だったりしたか？」

「はい。ちなみに合格」

「この短期間で見分けられるようになったのは驚きです」

「珍しくメーリィが体言止めで話したな」

「バレましたか」

左右から双子がそろって拍手する。

ダランディの外壁に開いた門をくぐって、三人は旅に出る。

トールは青空を仰いだ。

誰かと共に町の門をくぐったのは何年ぶりだったか。それも、護衛対象や臨時のパーティでもない誰かと。

不思議といつもより、青空は高く透き通って見えた。

第二章　十年目の転移者とダンジョン街

第一話　温泉町

ゴトゴトと馬車に揺られていると、横を鉄の塊が抜き去った。

「魔機車ですね。金貨の輸送でしょうか？」

メーリィが馬車を抜いていった鉄の塊を見送って言う。

地球のワンボックスワゴンと同程度の大きさをした六輪の魔機車は馬車より安定した速度と走行距離を有するが、燃料として高純度の魔石を使用するため普段使いにはあまり向かない。高額商品の運搬や要人の送迎などで利用されている。

高位の冒険者を有するクランが所有している場合もあるが、なかなか見る機会が少ないものだ。

「方角からして行先は同じだな」

「フラーレタリアですか？」

「あぁ。俺たらと同じくその手前の温泉町に寄るだろうけど」

快晴の空を仰いでトールは呟《つぶや》く。

夜は魔物や魔機獣が活発化するため、可能なら町に入るべきだ。トールの実力であれば野営でも命の危険はないが、せっかく温泉が近場にあるのだから一泊していきたい。

「心なしか、冒険者さんの姿も増えてきましたね」

ユーフィが馬車で追い越した冒険者たちを見る。

十代後半から二十代の半ば程度の冒険者が多い。彼らは馬車に乗るトールたちを羨《うらや》ましそうに見ていた。

「くっ、両手に花かよ、羨ましい……」

トールに嫉妬しているだけだった。

嫉妬の視線を向けられたトールは嫌味《いやみ》にならないようにそっと視線を外し、双子を見る。

旅に出るにあたり、ユーフィとメーリィはお嬢様らしい装いをやめて動きやすい服装に切り替えている。

髪を編み込むのは手間がかかるからと耳にかけるだけにとどめ、お嬢様然としたロングスカートもいまは動きやすさを重視した丈の短いものに変わっていた。それでも育ちの良さが隠しきれないのは細かな装飾をあしらう服装のセンスによるものか、双子の整った容姿によるものか。

トールは森の香りを運ぶそよ風の穏やかさにあくびを誘われる。

「あいつらも目的地は一緒だ」

「冒険者の方って意外と綺麗《きれい》好きですよね」

「獲物に臭いで察知されるのを防ぐためだな。これから行く温泉は天然炭酸泉で硫黄臭もない。それに、観光地化している影響もあって周辺の魔物や魔機獣はあらかた駆逐されているから、冒険者になり立てでも命の危険が少ないいんだ」

実入りも少ないが、と続けるトールは馬車を引く馬の頭越しに温泉地を囲む壁を見た。

「もっとも、すれ違っている冒険者のほとんどは炭酸ポーション目当てだろ」

「炭酸ポーション、ですか？」

聞きなれない単語に双子はそろって首をかしげた。

しかし、落ち物の書籍で地球の知識は豊富なこの二人、すぐにどんなものかを想像できたらしい。

「その名前からすると炭酸泉を溶媒に利用したポーションですよね？」

「発泡するおかげで魔力が馴染《なじ》みやすいということでしょうか？」

「わざわざ買いに来るということは効果が高いと予想できますね」

「ですが、振動や衝撃で炭酸が抜ける炭酸ポーションなんて実用性がどれくらいあるのでしょう？」

説明するまでもなく正体はおろか問題点までたどり着いてしまう二人にトールは感心した。

魔力は空気に馴染みやすく、炭酸ポーションは気泡のおかげで回復効果に即効性があることが一部で知られている。

命がけで戦う冒険者にとって即効性のある回復手段は非常に価値があるものだ。

需要は計り知れない炭酸ポーションだが一般流通は限定的で、手に入るのは炭酸泉が湧く温泉地のみ。

それというのも、せっかく炭酸ポーションを買っても移動中や戦闘時の激しい動きで攪拌《かくはん》されて炭酸が抜けてしまい、飲むときにはただのポーションにしかならないからである。

実用性の問題でジョークグッズや単なるお土産としてしか販売されないのだ。

もっとも、なりたての冒険者の中には噂《うわさ》を中途半端に聞きつけて効果を試しに行く者が多々現れる。怪我《けが》が絶えない冒険者だからこそ、一度くらいは試して、運搬方法を考えて一獲千金を夢見るものなのだ。

トールの場合、地球の炭酸飲料を再現してみようと炭酸水そのものを購入し、微発泡すぎて諦めた過去があったりする。

「冒険者が誰しも通る道だ。温泉に入浴できるから完全な無駄足にもならない」

壁門を抜けて馬車を降りると、双子はさっそく炭酸ポーションを売っていそうな店を探して周囲をきょろきょろ見回した。

何を期待しているのかと、トールは馬車の御者に運賃の支払いを済ませて二人に声をかける。

「お土産以上の価値はないぞ？」

「そうでもありません。それに、お土産や飲料としても売られていて、これだけの冒険者が買い求めに来るのでしたら、他の町より価格は安いのではありませんか？」

「さすがはメーリィ。商人の娘だけあっていい目のつけどころをしているな」

実際、この温泉町は他よりもポーションの価格が安い傾向にある。いわゆる宣伝用の商材であるため薄利多売が基本方針なのだ。

炭酸ポーションの購入ついでに他のものも買っていく客を当て込んでいるともいえる。

「先に宿を探そう。炭酸ポーションならどこの宿でも湯上がりの飲料用に売ってるからな」

「どこのお宿にしますか？」

「私たちにはありませんよ、お金」

「俺が出すよ。フラーレタリアに着いたらユーフィとメーリィの戦闘訓練もする。いまのうちに英気を養っておけ」

「お世話になります」

「お背中流します」

「風呂は男女別だ。ついでに部屋もな。俺はもう護衛じゃないんだから、四六時中一緒にいることもないだろう」

双子の冗談を受け流し、トールは適当な宿に入る。

木造二階建ての建物は程よく古めかしく重厚感のある造りだった。受付フロアは狭いが、従業員の品が良い。

「お部屋にご案内します。当宿では宿泊中、いつでも温泉を楽しめますのでごゆっくりしてください」

通された部屋はT字型をしていた。入ってすぐにリビング、右側に寝室、左側にバルコニーがある。バルコニーからは中庭を見ることができた。

「お部屋はお隣同士となっております。食事はそれぞれのお部屋で召し上がりますか？」

「私たちはトールさんと一緒がいいです」

「今後のことも詳しく話したいですからね」

「では、この部屋に三人分運んでください」

「かしこまりました。メニューですが、お肉とお魚、どちらにいたしましょうか。どちらもフラーレタリアの迷宮産です」

「俺は魚の方でお願いします。二人はどうする？」

「私はお魚を」

「私はお肉を」

「どうせならどっちも味わいたいですからね」

ちゃっかりしている。

湯浴《ゆあ》み着《ぎ》は棚に入っているものを勝手に使ってよいと告げて部屋を出ていく従業員を見送り、トールは荷物を下ろして中庭を見た。

よく手入れされた庭園だ。これだけでも、景気がいいのがよくわかる。

ユーフィとメーリィが椅子を持ってきた。

「トールさん、お茶にしましょう」

「温泉はその後です」

「早くも満喫してるな」

慣れない馬車の旅で疲れているだろうに、二人ははしゃいだ様子で水出しのお茶を用意し始めている。宿の備品らしい。

「私たち、温泉って初めてです」

「トールさんの故郷の日本にはよく湧くと聞いていますけど、作法とかありますか？」

「湯を汚さないように体を洗ってから入るとか、泳がないとかだな。日本だと全裸で入る」

「貸し切りにできるほどたくさん湧いているんですね」

「いや、みんなで全裸で入る」

「……あ、はい」

「おい、その反応は何だよ。まぁ、仕方がないけどさ。言っておくが混浴じゃないぞ。男女別だ」

顔を赤くして恥ずかしそうに横を見る二人に苦笑する。

妙にいたたまれない空気が流れかけたのを察したトールは、ふと思い出して下ろしたばかりの荷物をあさる。

取り出したのは一本のカギと革の筒に収めた数枚の紙だった。

「二人にこれを渡しておく。俺が集めた旧文明の資料と遺物、落ち物関連品の倉庫のカギだ。適当に売って処分するつもりだったが、二人なら有効活用できそうだしな」

差し出されたカギと革の筒を見た二人は目を険しくする。

しかし、双子の間で何らかの思考が交わされたのか、視線を和らげてトールからカギと革の筒を受け取った。

「ありがたく頂戴します」

「あぁ、ただし倉庫の中身を取りに行くのはフラーレタリアで訓練してからだ。二人にはエンチャントができるようになってもらいたい」

「わかりました。ご褒美の前借りだと思っておきます」

第二話 炭酸泉

「それじゃあ、休憩室で落ち合おう」

トールはそう言って、さっさと脱衣所に入っていった。

双子はトールを見送り、女性側の脱衣所入り口を見る。

(慣れている様子でしたね)

(日本は清潔な国のようですから)

双子で思考を送りあう。

ここまでの道中もやけに綺麗《きれい》好きな男だと思っていたが、旅の道連れが清潔であるのに越したことはない。

（ノック、したはうがいいのでしょうか？）

（どうなのでしょう。トールさんは何もせずに入っていきましたけど）

（作法がわかりませんね）

女湯と書かれた脱衣所入り口の木製扉を前に双子が悩んでいると、宿の従業員が怪訝《けげん》な顔をしながら横を抜けて扉を開け、入っていく。

（いらないようですね、ノック）

（やはり視界が通らないように壁がありますね）

（入りましょう）

意を決したように二人同時に頷《うなず》いたユーフィとメーリィは息の合った動きで肩を引き、二人同時に入り口をくぐった。

ユーフィが扉を閉め、メーリィは一足先に脱衣所に入る。

客はまばらだった。先ほどの従業員が掃き掃除をしている。

「ご入浴できますよ」

従業員が浴場を手で示して教えてくれる。

ユーフィが到着するのを待って、二人一緒に服を脱ぎ始めた。

上を脱ぐと、双子は向かいあう。小ぶりな胸から上、綺麗な鎖骨周辺の首まわりを眺める。ダランディから出て二日、服で覆われた首まわりに日焼けによる境界ができているかと思ったのだ。

(全然、陽に焼けませんね)

(ダランディを出てからというものずっと外にいましたが、体質でしょうか)

互いの体を姿見代わりにしつつ、さらに下も脱ぎ、湯浴《ゆあ》み着《ぎ》を取り出した。

視線を感じて振り向くと、従業員と目が合う。

「し、失礼しました」

何が、と聞く前に従業員は掃除を再開する。

足元に埃《ほこり》でも掃いてしまったのかと、双子はそろって足元を見た。凹凸の少ない体だけあって足元を見るのに苦労はない。

(何も落ちていませんね)

(もしかすると、湯浴み着は下着を脱がないのではありませんか？)

(聞いてみましょうか)

(そうしましょう)

「あの、少しよろしいでしょうか？」

「は、はい!?」

上ずった声で返事をする従業員を不審に思いながら、双子は湯浴み着を広げる。

「これを着る際には下着を脱がないのでしょうか？」

「い、いいえ、裸の上にそれを身につけていただければ」

「そうですか」

（原因はこれでもないようですね）

二人で左右に小首をかしげる。

「先ほど、なぜ謝ったのでしょうか？」

「……綺麗な双子さんだなと、見惚《みと》れてしまいまして」

「そうでしたか。ありがとうございます」

二人そろって声をハモらせて礼を言い、さっさと湯浴み着に着替えた。

ひざ丈のワンピース風で少しごわついた生地ながら軽くて通気性もよい。腕を軽く振ってみると、それなりに伸縮性があるらしく動きを阻害しなかった。

（材質は麻のようですが、目が細かいですね）

（良い品を使っていますね。温泉にも期待）

早速、浴場へと入った二人は周囲を見回す。

直方体の浴場だ。石組みのお風呂が二つ、正面奥と向かって右側にある。

どうやら客は他にいないようだ。

貸し切りとは運がいい。まだ日が出ていることもあって客のほとんどが宿を出ているのかもしれない。

（ところで、トールさんは体を洗えと言っていましたが）

（湯浴み着を着ていては洗えませんね）

向きあって鏡写しのように腕を組む。その時、ユーフィがメーリィの後ろに木の看板を見つけた。

体を洗ってからお入りください、と書いてある。矢印の方向には火が入った石組みの竈《かまど》と、その上にお湯が入った大きな桶《おけ》があった。

（体を洗ってから湯浴み着を着るようですね）

（先走りましたか）

納得して、その場で湯浴み着を脱ぎつつ、滑る床に気をつけて体を洗いに行く。

ユーフィが桶からお湯を汲《く》み、メーリィが別に用意されていた水で温度を調整するとタオルを浸して体を洗い始めた。

（タオルも質がいいですね）

（実家で使っていたものと遜色ありません）

（お金があれば予備に数枚欲しいところです）

（お金、ですね）

視線を飛ばしあった双子はため息をつく。

ユーフィはメーリィの背中を洗いながら、先ほどトールからもらったカギと革の筒を脳裏に思い描く。それだけでメーリィにも意図が伝わったらしく、言葉が返ってきた。

（トールさんの抱えた不安は深刻ですね）

ユーフィは静かに頷いた。背中を洗われているメーリィには見えていないが、思考を共有しているため肯定したことは伝わっている。

（当初は、築いた関係がリセットされてしまう異世界転移に対する不安だけだと思っていましたが、トールさんは残される人間にも目を向けていますね）

（あれほどの強さの人に仲間がいないのも不思議でしたが、深い関係性を築くことに対する怯《おび》えがあるのでしょうね）

（あの強さですから、頼る人も多いでしょう。突然自分が消えたとき、トールさんを頼っていた人がどうなるかを考えれば、無理もありません）

ユーフィはメーリィに背中を向ける。ほぼ同時に、メーリィがユーフィの背中を洗い始めた。

（そして、いまの私たちはまさにトールさんを頼っています）

（これではトールさんの怯えをあおるだけ）

（私たちはトールさんがこの世界に根を下ろす錨《いかり》にはなりたいですが、いまの私たちは単なる重荷です）

二人はそろって深刻な顔をする。

トールがこの世界を肯定的に受け入れ、社会に馴染《なじ》み、居場所を作る手助けをする。それこそが、トールと旅をする際に提案した投資の内容だ。

しかし、現状ではトールが二人の面倒を見ているだけの話。居場所を作る以前に、トールに依存している状態だ。

そして、トールは依存してくる人間を自己の不安をあおる重荷と感じる。

（だからこそ、トールさんはあれだけの資産を簡単に私たちに渡した）

（目録を見た限りですが、投げ売りしても金貨五百枚はくだらない試算）

（ダンジョンで私たちに戦闘訓練を施そうというのもよくない傾向です）

（旅をするにあたり戦闘訓練をすること自体は不思議ではありません。ですが同時に、トールさんが突然消えてしまったときに私たちが生きていけるようにするための保険）

（残された人間に対するトールさんの不安を解消するには私たちが自立しているところを見せる必要がありますね）

（それに、トールさんの持ち物を増やしていかないといつまで経《た》ってもふらふらと足元が定まらない）

（物がないから身軽になるのは重量だけでなく、この世界への執着心も、ですからね）

並んで顔を洗いながら、ユーフィとメーリィは悩む。

（自立にはとにかくお金が必要ですが）

現在、ユーフィとメーリィは所持金がほぼゼロだ。トールに養ってもらっている状態である。

（ダンジョンの戦闘訓練で実戦を経験し、魔物から素材を得て売却して資金作りが妥当な案でしょうか）

（得られる金額は大きくないでしょうね。元手としても心もとない）

そろってお湯を頭からかぶって締めくくると、湯浴み着を着込んで浴槽に向かう。

その間にもユーフィとメーリィの脳裏では経済的な自立の方法が議論されていた。

浴槽の淵《ふち》に立ち、かがんだ二人は指先で温度を確認する。

ぬるいくらいの温度だ。

（炭酸泉ですから、温度を上げすぎると炭酸が抜けますよね）

（ゆっくり浸《つ》かれるいい温度です）

音もなく温泉に足を入れる。気泡が噴き上がり、二人のきめ細かな白い肌の上をすべるように水面へと上がっていく。

炭酸泉らしい激しい気泡の発生を興味深く観察していた二人はそのまま体を温泉の中へと進めた。

「……ほぅ」

心地よさに気が抜けた吐息が二つ。

（これは良いものですね）

（各地の温泉巡りも楽しそうです）

（ですが、いまはこれを楽しみましょう）

（湯上がりの炭酸ポーション は……あぁ、この手がありました）

（メーリィ、いまの考えは実行できますか？）

ユーフィに尋ねられ、メーリィは先ほどぼんやり浮かんだ発想に肉付けしていく。

（論理的には可能ですね）

（容器はこうしておきましょう）

ユーフィが具体的に容器の形状、材質、大きさ、仕組みに至るまでを脳裏に展開し、それをメーリィが受け取って論理的な解説文を貼り付けていく。

思考共有をフル稼働させ、脳裏では化学、工学、必要資金の算出、材料の調達先など様々な情報が高度にやり取りされていたが――はたから見る二人は温泉の心地よさに表情をとろけさせていた。

第三話　ダンジョン街フラーレタリア……………………

温泉町で一泊したトールたちは目的地であるフラーレタリアに向かっていた。

馬車を利用して片道二日。フラーレタリアに近づくほどに魔物の数は増え、これを撃退する冒険者の数も増えていた。

街道は安全が確保されているが、それでも時折小型の魔物が道を横切っている。

「やはり、炭酸が抜けてしまいますね」

実験と称して購入した炭酸ポーションを少し飲んだメーリィが容器を眺めて考えている。丸底フラスコのような容器だ。炭酸で破裂しないように圧力に強い形にしているのだろう。

「馬車は揺れるからな」

「でも、普通のポーション程度の効果はあるんですよね？」

「そうだな。浅い裂傷くらいなら半日で治癒する。炭酸ポーションなら気味が悪いくらいみるみるふさがるよ」

体感では五分程度で治癒する。激しく体を動かす戦闘中に飲んでも傷が広がるのを防ぐばかりか徐々に治るほどの代物だ。

そんな即効性のあるポーションを普通のポーションよりも安く買えるというのだから、流通の問題は大きい。

「入りましたね、結界」

ユーフィが呟《つぶや》くと同時、馬車の後方にいたトールはオブラートの膜を破くような感触に顔をしかめる。

「結界をくぐる感覚はいまでも慣れないな」

「仕方がありませんよ。この結界がないと魔物や魔機獣に街が滅ぼされてしまいます」

「わかってるんだけどな。フラーレタリアの結界はなんかこう、他に比べて粘っこい気がするんだよ」

「結界マイスターですか？」

トールの感想を聞いてユーフィがくすくす笑う。

「フラーレタリアは比較的最近になってできた街ですから、旧文明の遺跡の結界を模倣するだけではなく手を加えているのかもしれませんね」

「あぁ、それなら納得だな。結界の維持費は高いし、効率を求めて少しの不便には目をつむるくらいはやるだろう」

結界は旧文明時代から存在する魔機の一種だ。魔物や魔機獣から発見されにくくなる効果がある。街全体を囲むほどの結界を張るからには必要な魔力量も大きく、魔機獣が体内に持つ高純度魔石を採取して転用している。

魔機獣を安定して討伐できるのはCランク以上の冒険者であり、ひとつでもそれなりに値が張る。

「魔石に魔力を込める方法があればいいんですけどね」

「それができたら革命だろ」

魔力源、燃料として使用される魔石だが、空になった魔石に魔力を込める方法は発見されていない。

「この世界に来たばかりのころは充電池みたいなもんだと思ってたんだけどな。再利用できないただの電池なんだよな」

「魔機獣が旧文明のオーパーツですからね。魔石も同じです」

フラーレタリアを囲む壁は近くにダンジョンがあるというのに低く、門は巨大だった。冒険者だけではなく、多数の商人も出入りしており、それぞれに審査手続きが異なるため列が分けられている。

「お客さんたちはここで降りたほうが早く中に入れるよ」

御者に勧められて、運賃を支払ったトールたちは冒険者側の列に並ぶ。御者の言う通り、ほぼ顔パスで中に入れるようだ。

順番が回ってきたトールが冒険者証を見せると、衛兵は双子をトールのパーティメンバーだと思ったらしく特に審査もせずに通した。

数日前に密輸事件の騒動に巻き込まれた身としては不安になる対応だ。

「すごいですね、この活気」

ユーフィが大通りの人だかりを見て感心する。

ユーフィと手をつないだメーリィがトールを振り返った。

「まずは宿でしょうか？」

「いや、二人の武器を買って、ギルドに冒険者登録するのが先だ。フラーレタリアではギルドの紹介を受ければ、宿泊費が安くなるんだよ」

「それはやはり、ダンジョンがあるからですか？」

「そういうことだ。ダンジョン産の落ち物や魔物の素材が主要な輸出品だからな。冒険者がいないと始まらない。いびつな経済構造だよな」

トールが顔をしかめるのには理由がある。

旧文明は異世界への門、ダンジョンを開きそこから異世界へと侵攻するも追い返され、逆にダンジョンから乗り込んできた魔物によって滅んだというのが定説だ。

そのため、ダンジョンからは魔物が大量に溢《あふ》れ出てくる。冒険者はダンジョンの最深部に乗り込んで結界を起動し、ダンジョンが持つ異世界の門としての機能を停止させることも仕事となっている。

ダンジョンを収入の柱に置くこのフラーレタリアの経済構造は、冒険者なくして維持できない。しかし、冒険者はダンジョンを封じるのが仕事だ。ダンジョンが封鎖されればフラーレタリアの経済構造は破綻する。

「まぁ、ここの住人もそれくらいわかってるだろうけどな。ダンジョンがなくならないなんてありえない」

「でも、五十年も封じられていないダンジョンだと聞いていますよ？」

フラーレタリアダンジョンは発見されてから五十年、第七階層まで踏破されているが十年もの間、歩みが止まっている。

第八階層が激しい起伏のある山岳地帯となっており、飛行する魔物も多いことから対応が難しいためだ。

「Bランクパーティも八階層で足踏みしているらしいからな。対空攻撃手段がないと難しいんだろうが、八階層まで来ていると体力も魔力も消耗している。交代で休憩できるような人数をそろえればいけるだろうが、怪我《けが》のリスクなども考えると半端な人数では攻略できないな」

武器屋が並ぶ通りへと歩き始めるトールに、双子がついてくる。

「私たちの戦闘訓練は何階層でしましょうか？」

「一階層で十分だと思う。その前にギルドの訓練場でどれくらい武器を使えるかを見たいな」

今回の目的はユーフィとメーリィの戦闘訓練と当面の資金確保であり、トールはダンジョン攻略を行うつもりはない。

ギルドに行けば出現する魔物についての情報も得られる。トールが付いていれば危険もない。

武器屋へと歩いていると、双子が足を止めた。

「どうかしたのか？」

双子が見つめる先に視線を向けると、そこには酒を売っている店があった。

フラーレタリアは冒険者や商人が多く、酒の需要が高い。ワイン蔵もある。

ダランディの酒場で飲んだワインを思い出し、トールは双子に声をかける。

「寄っていくか？」

「いえ、いまは必要ありません」

「欲しいのはお酒ではありませんので」

酒屋で酒以外に何を買うのか疑問に思うトールを置いて、双子はさっさと歩きだす。

不思議に思いつつ、いらないというならいいだろうとトールも歩きだした。

第四話　双子のエンチャント

ダンジョンはその中が異世界を再現した空間であるとされている。

フラーレタリアのダンジョンが発見されたのは五十年前、内部構造が変化しないため第一から第四階層までは詳細な地形データが売られており、第五から第七階層まではある程度の情報が出そろっている。

トールたちが潜ったのは第一階層、第二階層へと続く坂道への最短ルートを外れ、草が生い茂る草原を少し奥へと進んだ場所だった。

トールは双子を見る。

「やっぱり、強いな」

双子はそろって武器に槍《やり》を選んだ。間合いが広く、護身用にもいい武器だ。

もともと護身術を習っていただけあって、ユーフィとメーリィの槍捌《さば》きは基本の型をしっかり押さえたもので、トールが教えることはない。

牙が大きく、鋭く発達したイノシシのような魔物が鼻息荒く走ってくる。

ユーフィとメーリィはイノシシの魔物をひらりと左右に避《よ》けると、槍を左右から魔物の前後に向けて突き出した。

魔物は攻撃に反応していたが、左右からの挟み撃ちに加えて進もうと退がろうとどちらかの攻撃を受けてしまう。

抵抗することもできずにイノシシの魔物は槍に貫かれて絶命した。

視界、思考を共有する双子の特性から連携がうまいだろうとトールも想像していたが、予想以上だった。

ユーフィ一人やメーリィ一人であれば、お嬢様育ちゆえの筋力の問題などもありさほど強くはない。一般人に毛が生えた程度だろう。

しかし、二人そろえば互いの位置取りを完全に把握し、死角を補いあい、タイムラグが一切ない連携攻撃を繰り出す。

「Cランク冒険者相当って話も頷《うなず》けるな」

素材を得るため、魔物を解体する手際もいい。もともと知識豊富な二人だけあって、素材を傷つけないように心得てもいる。

工芸品の材料として扱われる牙を取った双子がトールを見た。

「どうでしょうか？」

「冒険者としてもやっていけそうだな。早速、エンチャントについて教えよう」

トールは短剣を鞘《さや》から引き抜く。魔物の解体用に使う短剣だが、サブウェポンとしても使用可能なしっかりした造りだ。

「教えるといっても、やり方は割と単純だ。魔力を通して、魔法を発動する。ただし、武器表面の魔力は魔力として維持したままだ」

強力な魔法攻撃への対抗手段であり、武器表面の魔力量が抗魔力に直結する。

トールが短剣に魔力を込め、魔法を発動する。静電気のように控えめな赤い雷が舞った。

興味津々でユーフィとメーリィはトールの短剣を見つめる。

「この赤い雷の魔法を見たことがありませんけど、オリジナルですか？」

「俺はこれしか使えないんだよ。日本出身だからか、魔力の質がこの世界の人々と大きく違うらしいんだ。おかげで、この世界の魔法の教材通りにやっても発動しない」

見よう見まねに改良を重ねてどうにか発動できるようになったのがこの特殊な雷魔法だった。

「使い勝手がいいから不便は感じないけどな。格下相手なら武器を抜かせることもない」

「もしかして、私たちを攫《さら》いに来た『魔百足《まむかで》』の人たちが武器を鞘から抜けなかったのって……」

「あぁ、俺が連中の武器にエンチャントして、磁力で固定した。相手がエンチャントをやったことのない連中だったから楽勝だ」

「Bランク以上でないとトールさんとは戦闘にもならないんですね」

「戦わずに済むならそれに越したことはないさ。そんなことより、二人もやってみてくれ」

トールが促すと、ユーフィとメーリィは向かいあって槍に魔力を通し始める。

物に魔力を通すだけなら少しコツを掴《つか》めば子供にもできるが、そこから魔法を発動するとなると途端に難しくなるものだ。

二人が試行錯誤している間に、トールは近づいてきた魔物に鎖戦輪《くさりせんりん》を放り投げて瞬殺し、素材を回収していく。

トールが今日の宿代をあっさり稼いだころ、双子は一瞬だけ魔法を発動できるようになっていた。

「二人そろって水のエンチャントか」

ユーフィとメーリィが持つ槍の表面を水が蛇のように取り巻いている。

水魔法は質量が大きいが危険性は低く、トールの雷のような付加効果もない。

だが、この二人の連携を加味すれば弱いと断言できないエンチャントだった。

「応用訓練したら化けそうだな」

「申し訳ありませんが、まだそこまで行きつける気がしません」

メーリィが言う通り、まだエンチャントの基礎もできていない。エンチャントが維持できず、水が現れたり消えたりしていた。

「水魔法ならダンジョンでなくても練習できる。今日のところは帰ろう」

エンチャントで発動する魔法には個人差がある。複数種類のエンチャントを使い分ける特殊な人間もいるが、ほとんどの場合は術者の魔力の質に影響されたものが勝手に発動する。

そのため、街中で練習できない爆炎のエンチャントなども発動しかねず、トールは双子の訓練にダンジョンを選んだのだ。

安全な宿の庭やギルドの訓練場を使わせてもらおうとしたトールを、ユーフィとメーリィが声をそろえて止める。

「もう少し、ダンジョンで魔物を倒したいです」

「実戦を経験したいなら、エンチャントができるようになってからの方が安全だと思うが……」

「自分たちで稼ぎたいと思っています。だから、元手を稼ぐために少し魔物を狩りたいんです」

真摯《しんし》な目で訴えてくる双子に、トールは少し考える。

「……わかった。自立心があるのは俺としても歓迎するし、もう少し狩りをしよう。ただ、一階層だと効率が悪すぎる。四階層に向かおう」

ギルドで調べた情報では、四階層では夜盲症の薬の原料になる魔物などが出てくる。最短距離で進めば日帰りが可能なため、Cランク相当の腕で稼ぐのなら最も効率がいい。

「元手を稼ぐと言っていたが、商売でも始めるのか？」

下の階層へと続く坂道へ向かって歩きだしながら、トールは問う。

ウバズ商会の跡取り娘たちだ。商売の心得はあるだろうが、一日二日ダンジョンに潜って稼げる金額はたかが知れている。

目標金額次第ではもう数日はダンジョンで狩りをすることになるはずだった。

「まだ実現できるかどうかもわかりません。一度実験をしてからですね」

「商売のネタはあるってことか？」

「いまはまだ秘密ですよ。楽しみにしていてください」

詳しく話せる段階ではないとのことで二人は詳細を伏せる。

商売の知識はないトールはそれ以上は聞かなかった。

「この辺りの魔物はあまり金にならないから無視して進む」

遠くから走ってくるイノシシ型の魔物に赤雷《せきらい》を飛ばして感電させ、トドメを刺さずに第二階層への坂道を目指す。

ほどなくして見えてきた第二階層への坂道を見て、ユーフィとメーリィが思わず足を止めた。

無理もない、とトールは苦笑する。

「こんな見た目だが、底が抜けたりはしないから安心しろ。仮に抜けたとしても、俺がいれば無傷で済む」

トールが率先して足を踏み出した坂道は魔力で形作られていた。半透明の黒い坂道が蜃気楼《しんきろう》のようにゆらゆらと揺らめいている。

足を踏み出すのが不安になるその曖昧な坂道をトールは慣れた調子で下り始めて、双子を振り返った。

恐々と坂道へ足を踏み出す双子に、トールは懐かしさを覚える。

この世界に来たばかりのころ、地球への帰還の可能性を落ち物に見出《みいだ》したトールは、落ち物がよく見つかるあちこちのダンジョンに潜った。

当時はこの半透明の頼りない坂道が消えるんじゃないかとより物質らしい壁に手をつきながら慎重に下ったものだ。

「初々しい反応だなぁ」

「だって、怖いですよ、この坂道！」

ユーフィがプルプル震える指で坂道を指さす。もう片方の手はメーリィとしっかりつないでいた。

「そのうち、ゆらゆら揺れる桟橋とか渡ろうぜ。飛び跳ねてめっちゃ揺らしてやるから」

「性格悪いですね」

「定番の悪戯《いたずら》だけどな」

実際にはそんな悪戯をするつもりもない。

トールは笑って双子と第二階層へと降り立つ。

そのまま、販売されている地図に従って最短ルートを通り、第二、第三階層を素通りして第四階層に到着した。

第四階層は背の高い木々が生い茂る密林だった。

気温は高いが湿度はそれほどでもなく、トールは鎖戦輪を構えて周囲に気を配る。

メーリィが興味深そうに木の幹を撫《な》でる。

「この木々って切り倒せないんでしょうか？」

「倒せるぞ。だが、坂道の周辺はわざと残してあるんだろうな」

「わざと残す？　なぜですか？」

「木々の隙間《すきま》を通れない巨大な魔物が階層を移動しないように柵の代わりにしてるんだ」

トールの説明通り、入り口部分を少し進むと木々を切り倒した痕跡と申し訳程度の道が姿を現した。この道の通りに進めば第五階層への坂道があるだろう。

しばらく道なりに進んだ後、トールたちは道をそれて密林へと入る。

ユーフィとメーリィは槍を短く持って戦闘に備えているが、木々が邪魔で戦いにくそうだ。

「この辺りでいいか」

密林に入ってしばらくして、トールは呟《つぶや》くと同時に鎖戦輪を横に薙《な》いだ。

雷鳴が木霊《こだま》し、トールの前方にあった木々が一瞬でなぎ倒される。倒れる木々の断面はぱちぱちと火の子が爆《は》ぜていた。

「よし、これで二人が戦えるスペースは作れたな。エンチャントで火を消してくれ」

「ら、乱暴すぎます……」

唖然《あぜん》とするユーフィとメーリィに、トールは肩をすくめた。どうせ戦闘が始まれば余波で木々はなぎ倒される。

雷鳴を聞きつけたか、密林の奥から獣の目がこちらを見た。

トールは視線に気づいて顔を向ける。

「早速お出ましか」

ゆっくりと密林からトールの出方をうかがいつつやってきたのはトールの身長の倍ほどもある巨大な茶色い魔物だった。

肉食獣らしい鋭い歯を剥《む》き出しにしてユーフィとメーリィの胴体ほどもある四肢で地面を踏み鳴らしながら、魔物がトールに襲い掛かろうと力をためた瞬間——赤雷と血しぶきが舞った。

歯を剥き出しにして威嚇の表情を浮かべたままの魔物の頭が転がる。

トールはのんびりと魔物の死骸に歩み寄った。

「こいつの肝臓が薬になるらしい。エンチャントで洗ったりはしないでくれ。魔力が移ると効果が減じる」

「何が起こったのかもわからなかったんですけど……」

あまりにも理不尽なトールの強さにもはや呆《あき》れてしまったメーリィが呟く。

「これから血の臭いに引き寄せられた魔物がやってくるから注意してくれ。手早く解体を済ませ——なんだ？」

魔物の死骸のそばでトールは違和感を覚えて地面を見下ろす。

地面の下にわずかに金属反応があった。

「トールさん、何かあったんですか？」

ユーフィとメーリィが解体用のナイフを取り出しながらトールに声をかけてくる。

トールは双子をちらりと見て、つま先で地面を軽く掘る。それほど硬い土ではないようだ。

「二人とも、ダンジョンの落ち物ってどんな風に見つかるか知ってるか？」

「宝箱の中ですか？」

「それは子供向けの物語の中だけだ。いや、そうとも言いきれないか」

箱の中に収められたままダンジョンに落ちてくる場合もあるため、貴重品であれば宝箱に収められた状態で転がっている可能性もゼロではない。まずないが。

トールは鎖戦輪に赤雷を纏《まと》わせ、電磁力で加速させることでそれを地面に深く突き刺した。そのまま磁力を流しながら地面を切り進めて、深く抉《えぐ》り出す。

ゴロッと掘り出された土の塊は腐葉土が重なった柔らかさもあってぽろぽろと自壊していく。そうして崩れていく土の塊の中から明らかな人工物が顔を覗《のぞ》かせた。

トールの行動に首をかしげていたユーフィとメーリィの目が一気に輝きだす。

「落ち物！」

「落ち物です！」

「こんな風に見つかるんですね」

「高価なはずです、こんなに深く埋まっているなんて！」

「触ってもいいですか？　いいですよね!?」

「危険なものではなさそうですし！」

「工芸品に見えますよ、これ！」

「初ダンジョンで落ち物発見、なんてすばらしい！」

「――落ち着け」

獲物を見つけた猫のように落ち物に飛びつこうとする双子の後ろ襟を掴んで、トールは待ったをかけた。

「先に寄ってきてる魔物の処理をする」

双子を放して、トールは赤雷を周囲にばらまく。あちこちで短い悲鳴が上がり、トールは鎖戦輪を無造作に木々の隙間へと投擲《とうてき》した。

トールの手元に帰ってきた鎖戦輪はその都度赤い液体を纏っていたが、赤雷の電熱で蒸発していく。

七回ほど鎖戦輪を投擲したトールは双子に向き直った。

「俺は魔物の解体をしているから、その落ち物についている土を払っておいてくれ。後でギルドに持ち込むから分解とかはしないようにな」

「任せてください！」

「家宝より大事にします！」

「ダンジョンなんだから自分の安全を最優先にしろ」

突っ込みを入れつつ、トールは魔物の解体作業のためその場を離れた。

姿も見ずに撃退した魔物の死骸から換金性の高い部位をはぎ取り、専用の皮袋に詰めていく。内臓などもあるため少々生臭いが、この程度で嫌がるようでは冒険者はできない。

双子のもとに戻ってみると、二人は落ち物を左右から検分していた。

「帰るから続きは後にしとけ」

「ギルドに取り上げられたりしませんか？」

「発見者に所有権があるから取り上げられることはない。報告義務もないが、報告しておくと報酬がもらえるんだ」

ダンジョンの中で見つかった落ち物は、そのダンジョンの魔物などから取れる素材で複製できる場合がある。ものによっては商品価値もあるため、提携する商会や商業ギルドが積極的に情報を募っているのだ。

双子を連れて地上へと歩きだしながら、トールは横目で落ち物を見る。

メーリィが大事そうに抱えているその落ち物は透明感のある素材で作られた時計のようだった。

これならば、ウッドメタルのように悪用はされないだろうとトールは安堵《あんど》した。

「クラムベロー銀貨三十二枚ですか……」

ダンジョンで狩った魔物の素材の換金を済ませて、ユーフィとメーリィが額を突き合わせている。

十枚ずつまとめられた銀貨にはクラムベローを統治する領主一族の家紋が刻印されている。クッズム銀貨よりも銀含有量が少ないため価値が低いものの、三十二枚もあれば宿に一か月以上連泊できる。

「トールさん、やはりすごいですね」

「狩りの効率が高すぎます」

「魔物だったからこんなもんだろう。一部が金属になっている魔機獣なら三倍は効率よく狩れるんだけどな」

赤雷《せきらい》で金属を探知できるため、魔機獣であれば魔物よりも簡単に発見できるのだ。

そんなことより、とトールはメーリィを見る。

「落ち物を見せるから、別のカウンターに行くぞ」

「素材換金のカウンターではダメなんですか？」

「専門知識が必要だからな。フラーレタリア商業ギルドから出向しているギルド員も立ち会って調査するんだ。俺たちも立ち会えるから、聞きたいことがあったら質問すればいい」

この双子に落ち物の専門知識で張り合える者がそういるとも思えなかったが、心配そうな二人を納得させるために説明しておく。

落ち物は高級品の場合もあるため、衝立《ついたて》で仕切られたスペースに受付カウンターがある。

落ち物が持ち込まれることは滅多にないため暇そうにしていた職員がメーリィの手元を見て腰を浮かせる。

「落ち物ですか？」

「第四階層の密林の中で地面の下から出てきた。検査と一応査定も頼む」

「――売りませんよ!?」

ユーフィとメーリィが声をそろえて拒否する。

トールだけでなく、職員までも苦笑した。ダンジョンで初めて発見した落ち物を縁起ものや記念品として手元に残す冒険者は割とよくいるのだ。

だが、売らないとしても査定することに意味がある。

「わかってるって。査定額次第でダンジョンに潜る冒険者の士気が上がるんだよ」

旧文明を滅亡に招いたというダンジョンの封印は冒険者の存在意義の一つだが、モチベーションにはなかなかつながらない。

ダンジョンで落ち物を発見して一獲千金を夢見る冒険者は多く、査定額が発表されれば士気も上がるのだ。

「奥の鑑定室にどうぞ。いま、商業ギルドから鑑定人をお呼びします」

職員が同僚に声をかけ、トールたちを奥の扉に案内する。

テーブルに落ち物を置くように言われて、メーリィがそっとその落ち物を置いた。

まだ土が付着しているが、どこからどう見ても置時計だ。高さは二十数センチ、透明な板と乳白色の角を削った素材で作られている。

職員が落ち物を見て、頷《うなず》いた。

「汚れていますので、洗浄しますね」

「水は駄目です！」

テーブルの横に用意されているジョウロで水をかけようとした職員をメーリィが慌てて止める。

ユーフィが落ち物の上に手をかざし、降り注ぐ水から庇《かば》った。

ジョウロを引っ込めて、職員が目を白黒させる。

ハンカチを取り出したメーリィが汚れるのも構わず落ち物に少量付いた水を拭きとってほっと胸を撫《な》でおろした。

「え、えっと？」

困惑する職員に、ユーフィが首を横に振る。

「柔らかい刷毛《はけ》か乾いた布を用意してください」

「は、はい」

何度も頷いた職員が刷毛を取りに行く。

一部始終を見ていたトールは双子に声をかけた。

「その反応、この落ち物が何かを知ってるのか？」

「これはミステリークロック」

「なんだ、それ」

「見ていてください」

メーリィが置時計の文字盤の裏側をハンカチで優しくこする。すると、付着していた土が取れ、透明な板が現れた。

「普通の時計は文字盤の裏に針を動かす機構を隠しますが、ミステリークロックは文字盤を透明にして針や文字が宙に浮いているように見せかけるデザイン性の高い時計なんです」

メーリィの説明通り、土を一部取り除かれた置時計は文字盤と針が宙に浮いているように見えた。ただそれだけで通常の時計とは違う高級感がある。

「へぇ、異世界はすごいな」

「地球世界にもありますよ？　透明な水晶やクリスタルガラスで文字盤を作るんです」

「そうなのか？　じゃあ、これは魔法で実際に浮かしてるわけでもないのか。あ、透明な板に文字と針を張り付けてあるのか。……どうやって針を動かすんだ？」

「針が仕込まれている透明な板そのものを回転させるんです」

「へぇ、逆転の発想だな」

解説付きで観察してみると、その置時計は発想と技術の粋を詰め込まれた職人技のなせるものだとわかる。どうやらゼンマイ仕掛けらしい。

「でも、この透明な板、水晶じゃないよな？」

「はい。だから水は厳禁なんです」

「素材も特定済みかよ」

少なくとも、双子の知識は先ほどの職員を上回っているらしい。

ちょうどその時、刷毛を持った職員と商業ギルドから派遣されてきた鑑定人がやってきた。

職員が刷毛で丁寧に土を落とす横で、鑑定人が興味深そうに置時計を鑑定する。

「面白い置時計ですね。間違いなく落ち物です。ゼンマイ仕掛けのようですが、動きますかね……。巻いてみても？」

「私が巻きたいです」

わくわくした顔で申し出るメーリィに、鑑定人は微笑《ほほえ》ましそうに譲った。

メーリィが置き時計の底面にあるネジを巻くと、音もなく針が動きだした。

「おぉ、これは面白い。どういった機構なのかとても興味がありますね。素材も未知のものですし、クラムベロー金貨三十枚でいかがでしょうか？　素材がフラーレタリアダンジョンで取れるとわかった場合には追加でクラムベロー金貨を七枚お付けします」

「金額には納得です」

「でも、売りません」

固い意志を表明する双子に、鑑定人は残念そうな顔をする。

「機構がわかればガラスで再現もできそうですから、商品価値が極めて高いのですが……」

「売りません。これは思い出の品です」

「残念です。スケッチはさせていただいても？」

「それなら大丈夫です。分解はダメですよ。私たちが掃除のついでに分解するので」

「あ、結局分解はするんですね。立ち会わせていただけませんか？」

「……いいでしょう」

少し悩むそぶりがあったが、双子は分解時の立ち会いを許可した。

置時計の外装についていた土を取り除き終えて、職員がユーフィとメーリィを見る。

「この場で分解なさいますか？」

「工具を貸していただけるなら」

「すぐに用意しましょう」

職員が別室へ工具を取りに行く。

鑑定人から落ち物をどこで見つけたのかなどの質問を受けて答えていると、職員が戻ってきた。

「すみません、立ち会わせていただきたいという方がいらっしゃいまして……」

職員が頭を下げて、廊下を振り返る。

職員が道を譲ると、颯爽《さっそう》と一人の老紳士が入ってきた。

「失礼するよ」

形の良い高い鼻、年齢を感じさせない伸びた背筋と堂々とした貫禄。冒険者とは明らかに別種の人間だが、一角《ひとかど》の人物だと一目でわかる雰囲気を纏《まと》っている。

職員が老紳士を手で示し、紹介する。

「フラーレタリア議会、議員の一人でフラーレタリア商業ギルドの重鎮、マテイコ氏です。透明な素材で作られた落ち物が運び込まれたと聞いて駆けつけたそうでして、どうか立ち会わせていただけませんか？」

大層な肩書の持ち主だけに、職員は必死の表情で懇願する。

双子は悩むそぶりもなく頷いた。

「構いませんよ。一人でも二人でも同じです」

「ありがとう。分解の前に少し見せてもらってもいいかな？」

双子の同意を得ると、マテイコは置時計を覗《のぞ》き込み、目を細める。

手で影を作って素材の光沢の度合いを見たり、表面を撫でて質感を確かめたマテイコは満足そうに頷いた。

「素晴らしい。これは実に素晴らしい。発想も見事だ。新たな発見に頭の中がかき乱され、再構築されるこの感覚。落ち物探しはこれだからやめられない」

双子同様のマニアらしい感想を口にするマテイコはトールを振り返る。

「赤雷のトールさんだね。予想よりもずいぶんと若いようだが、ダンジョンの封印に来たのかい？」

「いや、ちょっと旅費を稼ぎに潜っただけだ」

「そうか」

トールの返事にマテイコは小さく頷く。そこに見え隠れしたわずかな安堵《あんど》の表情にトールは眉をひそめた。

しかし、相手は海千山千の商業ギルドの重鎮だ。トールでも確信が持てないほどの微細な表情の変化だった。

マテイコが双子に視線を移す。

「この落ち物の材質を知っているかな？」

「おそらくはべっ甲でしょう」

「見抜いていたか。ご慧眼《けいがん》だ」

「マテイコさんこそ、よくわかりましたね」

互いをたたえあう双子とマテイコだったが、トールはいまいち話についていけず鑑定人に小声で尋ねる。

「べっ甲ってなんだっけ。亀の甲羅？」

「はい、亀の甲羅を削り出したものですね。独特の色合いと軽さから装飾品などに古くから利用されます。ですが、通常は茶色や黄色でして、あのようなガラスと見間違うほど透明なものは見たことがありません」

透明な甲羅を背負った亀がいるのだろうかと、トールは想像しようとしてグロテスクさに顔をしかめた。

「べっ甲は水に弱いのか？」

「あまり水に晒《さら》すとふやけてしまうんですよ。爪みたいなものですから。後は熱にも弱いですね。加工の時に熱を加えて曲げたり、べっ甲のにかわ質を利用した接着もします」

だから水で洗浄しようとした職員を双子が止めたのかと、トールは納得する。

「……そういえば、第八階層に亀の魔物が出るって聞いたな。ケウロとかいう」

「はい。人と同じくらいの体高で、甲羅はその倍くらいの全長の魔物です」

「第八階層だと、わざわざ甲羅を持ってきたりはしないよな」

「かさばりますからね。研究も進んでいませんが……そういえば、ケウロの甲羅は内外の二層構造になっていて、内側は白く半透明ですね」

トールは置時計に視線を向ける。

未知の透明なべっ甲と思《おぼ》しき透明素材。おあつらえ向きに第八階層には亀の魔物がいる。

考えていると、マテイコと目が合った。

「さすがは赤雷。わかりますか」

「あんたがこの落ち物を見るためにすっ飛んできたのは、透明なべっ甲が目当てか」

「ええ、なかなか利用価値が見つかりませんでしたが、絶対に何かに使えるはずだと密《ひそ》かに備蓄していました。この置時計もそうですが、宙に浮いたように見える玩具《おもちゃ》や置物などに使えばいいんですね」

商機を見出《みいだ》したのか、マテイコは商人らしい油断のならない顔で笑う。

透明素材はそれなりに需要もあるが、ガラスほどの安定性を持っているモノは少ない。ガラスは加工も容易で色をつけることもでき、透明素材は下位互換になりがちだ。

だが、べっ甲はその軽さも素材としての魅力であるため、マテイコは諦めきれずに機をうかがっていたのだろう。

商売のタネをばらまいた形になった双子が悔しがるかと思ったが、肝心のユーフィとメーリィは置時計に夢中だった。

「では、分解掃除を始めますね」

双子が置時計の分解を始めるのを、トールも興味を惹《ひ》かれて覗き込んだ。

どうやら、乳白色の角で作られた台座に機構が収納されているようだ。トールが地面の下にこの置時計が埋まっていると気づいたのは、機構に使われる歯車を感知したからだろう。

歯車などは部品も細かく、工作精度の高さがうかがえる。この世界の技術力でも再現はできるだろうが、鉄鋼業が発達していないフラーレタリアでは輸入に頼ることになりそうだ。

「なぁ、べっ甲は爪みたいなものなんだろう？　ニスを塗ったりして撥水《はっすい》加工はできないのか？」

「できますよ。風合いが変わるので普通はやらないですけど、このべっ甲を透明素材と見るなら水中ゴーグルなどに利用できますね」

「商品開発でいうなら、このミステリークロックの複製は難しいです。でも、鳥が宙を飛んでいるように見せかけるゼンマイ仕掛けの玩具などは作れますよ」

マテイコが感心したように小さく唸《うな》る。

「お嬢さんたちは発想力も豊かだ。もっと詳しく聞きたいね。アイデア料も出そう」

「別にいいですよ」

分解作業を進めながら、思考共有を持つ双子がマテイコの質問にも並行して答えていく。

「ガラスとは違って割れにくいですから、いろいろと利用はできますね。ただ、太陽光などで変色しないかは心配です」

「ふむ、耐光性か。実験しているが、九年間透明さは失われていない」

「それは朗報です」

九年ものあいだ実験していると聞いて、トールは口元が引きつるのを感じた。

商人の執念は恐ろしい。

分解を進めていくメーリィの横で、ユーフィが紙に設計図を描き上げている。分解工程から逆算していくその設計図の精巧さに職員と鑑定人が目を見張った。

瞬《またた》く間に分解された置時計は柔らかい刷毛で丁寧に清掃され、再度組み上げられていく。

汚れが除去されたことで持ち前の高級感を取り戻したそのミステリークロックは芸術品と呼ぶべき佇《たたず》まいだった。

思わず拍手する職員や鑑定人など目に入らない様子で、ユーフィとメーリィは置時計を持ち上げて好奇心に輝く瞳で様々な角度から観察を始める。

「トールさん、すごいですよ、これ」

「見てください。この台座の彫刻、すごく細かく彫り込んでありますす」

「いや、美術品の価値はよくわからないな」

とは言いながら、トールの目から見ても台座の彫刻は見事なものだ。土が除去されたことで細かい部分まで露《あらわ》になったこともあり、その精巧さがよく見て取れる。

収集家のもとに持っていけば、クラムベロー金貨三十枚どころか倍以上の値がつくだろう。

もっとも、普通の冒険者には落ち物の収集家につながる伝手《つて》などないため、鑑定人の査定が間違っているわけでもない。

はしゃぐ双子に、マテイコが声をかける。

「良いものを見せてもらった。先ほどの商品のアイデア料も含めてクラムベロー銀貨二十枚ほどを支払おうと思うが、どうかな？」

「あ、はい。ありがとうございます」

あまり興味がなさそうにユーフィとメーリィはアイデア料を言い値で売り渡した。

トールは少し意外に思ったが、ユーフィとメーリィがダンジョンで言っていた商売のタネは別にあるのだろう。

銀貨を置いてマテイコが去っていく。

トールも双子を促して、鑑定室を出た。

カウンターでマテイコが何やら依頼を発注している。漏れ聞こえてくる単語から、どうやら第八階層のケウロの甲羅を採取する依頼を出しているようだ。

第八階層となると到達できる冒険者も限られる。依頼を出さないとなかなか集まらないだろう。ましてケウロの甲羅はいままで利用価値が低かったため、わざわざはぎ取って持ち帰る冒険者は限られる。

マテイコは本気でケウロの甲羅から取れる透明なべっ甲で商売をするつもりらしい。

「大丈夫だといいんだけど……」

「トールさん？」

「いや、なんでもない」

いまは何もできないのだからとトールは懸念を横に置いて、双子を見る。

メーリィは置時計を抱えているが、ユーフィは素材の売却金を持っている。

「それで、その元手で何をするんだ？」

「このお金はトールさんが稼いだものです」

「なら投資ってことで。そのうち倍にして返してくれ」

「あっさり言いますね」

金への執着がないトールに苦笑して、ユーフィがトールの手を取った。

「まずは実験です。ガラス工房とワイン蔵にいきましょう」

「ガラス工房？　実験器具でも頼むのか？」

「それもあります」

目当ては別にありそうな言い方に興味を惹かれるトールだが、ひとまず少しずつ予想しながら楽しむことにした。

ユーフィとメーリィに腕を引かれて到着したガラス工房ではポーション容器の製造が行われていた。試験管のような円筒形のガラス管がずらりと並んでいる。

「ごめんください。ガラス容器の小規模な発注と相談をお願いしたいのですが、面会予約だけでもできませんか？」

メーリィが休憩中らしき職人に声をかける。

職人は双子を見て目を丸くし、工房の奥に声をかけた。

「親方！　とんでもない美人双子が仕事を頼みたいって！」

「なんだと!?　もう一度言ってみろ！」

「超絶可愛《かわい》い美人双子だ！」

「いま行く！」

なんだ、このノリ、と呆《あき》れるトールは工房を見回す。

男所帯らしい。ほぼ男子校のノリだ。

ほどなくしていかにも職人らしい厳《いか》めしい顔の中年男が出てきた。双子を見るととたんにニヘラっと表情筋が緩む。

「本日はどのようなご用件で？」

「内圧に耐えられる厚いガラス容器を特注したいのと、ガラスの融点を下げる目的で使用する海藻《かいそう》灰《ばい》を少量分けてほしいと思い、まいりました」

「ほぉ」

親方が感心したように呟《つぶや》き、仕事人の顔で双子を見比べた後、トールに視線を移した。

「そちらの男性は冒険者ですね。護衛ですかな？」

「はい。依頼人はあくまでも私たちです」

「これは失礼しました。ガラスに関して幾ばくかの知識もあるご様子。女性の少ない業界ですからちょっと珍しく思いましてね。ほら、こんな格好でしょう？」

冗談めかして親方が作業用エプロンをつまむ。高温のガラスを扱うため汗が染みた服を強調しても、双子が顔色一つ変えないことに笑みを浮かべて、親方は奥を指さした。

「詳しい話を聞きましょう——」

ガラス工房での商談と発注を終えて、ユーフィとメーリィは海藻灰の入った手のひら大の木箱を持ってワイン蔵に向かう。

当然一緒についていくトールは双子が発注したガラス容器の形状を思い出す。

ヒョウタン型のガラス容器だ。ガラス工房の親方も何に使うのかわからない様子だったが、双子の注文は具体的で、ユーフィが詳細な図まで描いて発注していた。

海藻灰でガラスの融点を下げるという話からしてトールは初耳で、何が何やらさっぱりわからない。

ワイン蔵に入った双子はさっそく店員に声をかける。

「醸造樽の清掃時に出る酒石《しゅせき》を譲ってもらいたいのですが」

「あの澱《おり》を？　飴《あめ》でも作るんですか？」

店員が不思議そうに双子を見て、悩んだあと店の奥に引っ込んだ。

トールは双子に声をかける。

「ワインって樽に寝かせるんだったか？」

「そうですよ。ブドウを搾って樽に入れ、酵母で発酵させてアルコールを作り、醸造樽に入れます。

余計な菌がついていたりするとワインの風味も変わってしまうので、醸造樽を清掃するんですよ」

「手間がかかってるんだな。酒石っていうのは？」

「それは、後のお楽しみです」

何かを企《たくら》んでいるのか、双子はそろって楽しそうに忍び笑う。

しばらくして、醸造の責任者だという男がやってくる。

「酒石が欲しいってのは君らか。言っておくが、あれは酸っぱいだけで甘くはないぞ？」

「飴細工を作るつもりはありません。おいくらで譲ってくれますか？」

「引き取ってくれるならただでも構わんよ。どうせ捨てるだけだ。家畜飼料にするってところもあるらしいが、ソラーレタリアはダンジョンの魔物で肉類を得ているもんだから、本当に使い道がなくてな」

どうやらゴミだとしか思っていないらしい。

メーリィが銀貨を二枚差し出した。

「酒石を抱えているのでしたら、処分するのは少々お待ちください。もしかすると、面白いことができるかもしれません。今回は少量譲っていただいて、数日後に結果をお教えします。その際に試供品も持ってきますので」

「なにをするのか知らんが、構わんよ。どれくらい欲しいんだい？」

「とりあえずはその銀貨一枚と天秤《てんびん》で釣り合いが取れるくらいの重量でお願いします」

「わかった。ちょっと待ってな。ところで、そこの兄さん」

双子の相談を請け負った男がトールに声をかける。

棚に並んだワインボトルのラベルを真剣な顔で見比べていたトールが顔を向けると、男は面白がるように近づいてくる。

「どっかでうちのワインを飲んだか？」

「バレたか。香りが良くて、すっきりキレがあって、気に入ったんだ。ただ、どれを飲んだのかわからない」

「どこで飲んだ？」

「ダランディの酒場で」

「じゃあ、これだろう。そっちの美人双子も飲むのかい？」

「飲みます」

「トールさん、お付き合いしますよ」

「ははっ、だってよ、兄さん。羨《うらや》ましいね。酒石を引き取ってもらうのに銀貨を二枚ももらってるんだ。一本良いのをおまけしよう。お得意さんになるかもしれんから」

男は楽しそうに笑って酒石を取りに行った。

ユーフィとメーリィがトールの左右に立つ。

「お酒、お好きなんですか？」

「嫌いじゃないな。ただ、ダランディで飲んだときは地球への帰還を諦めた記念日ってこともあって、ちょっと思うところがあってさ」

「……そうでしたか。ではなおさら、一緒に飲まないといけませんね」

「いや、無理やり付き合わなくても――わかったよ」

逃がすつもりはないとばかりに左右から腕を組まれて、トールは根負けする。

こんな情けない感傷でも共有してくれれば楽になるのかもしれないと思った。

「それより、そろそろ教えてくれないか。二人はどんな商売を始める気だ？」

特殊なガラス容器、海藻灰、酒石、どれもトールにはよくわからないものだった。

しかし、そんなよくわからないものでユーフィとメーリィが作ろうとしているものはとてもなじみ深いものだ。

ユーフィとメーリィはトールを見上げて微笑む。

「――炭酸飲料を作ります」

第六話　供養してあげてね

冒険者ギルドの紹介で借りた宿の少し上等な部屋で、トールはユーフィ、メーリィのグラスに白ワインを注《つ》いだ。

「ひとまず、乾杯」

グラスを合わせ、一口飲む。ダランディで飲んだのと同じ、花のような華やかな香りが鼻をくすぐり、あとを引くことなくすっと消えていく。花の香りとともに感じるまろやかな甘さをわずかな酸味が引き取り、程よく舌を刺激した。

ユーフィがグラスを蝋燭《ろうそく》の火に透かす。

「飲みやすくて美味《おい》しいですね」

「少し甘いのもいいです」

メーリィも気に入ったらしく、顔をほころばせる。

つまみにと買ったチーズに小さなフォークを差しながら、トールは本題に入る。

「炭酸ってそんな簡単に作れるのか？」

炭酸飲料を作ると双子が言った以上、根拠はあるはずだ。今日、ガラス工房やワイン蔵で買いそろえたものがその材料だとはトールも気づいているが、仕組みがわからなかった。

メーリィが白身魚の燻製《くんせい》スライスで野菜を包みながら話しだす。

「まず、炭酸飲料とは何でしょうか？」

「この場合は二酸化炭素が溶けた液体だろ」

トールも、さすがにその程度の知識はある。

フラーレタリアに来る途中に寄った炭酸泉も二酸化炭素が溶けている。トールが地球で慣れ親しんだ炭酸飲料とは含有量こそ異なっているものの、炭酸水である点は変わらない。

メーリィは頷《うなず》いて続ける。

「つまり、液体に炭酸を溶かしてしまえば炭酸水を作れます。この世界ではそもそも二酸化炭素が何かという点からわかっていませんから、誰も作れるとは思っていませんけど」

「トールさんは炭酸水がどのように地球で発明されたか、ご存じですか？」

「いや、知らないな」

ユーフィに問われて、トールは首を横に振る。

身近なものだったはずだが、その歴史となると案外知らないものだ。

ユーフィが落ち物の蔵書から得ただろう知識を話してくれた。

「炭酸水はビールの醸造で出てくる二酸化炭素を水に溶け込ませて作ったのが始まりとされています」

「そうか、ビールも炭酸飲料だったな」

地球にいたころは酒を飲まない高校生だったためすっかり忘れていたが、ビールは確かに泡立っていた。

納得すると同時に、トールはユーフィとメーリィが買った酒石《しゅせき》と呼ばれる結晶に目を向ける。

「それ、ビール酵母なわけがないよな？」

「はい、これは酒石です。微生物ではありません。炭酸飲料を作るには、二酸化炭素の発生源が必要なのはわかりますよね？」

「……あ、ベーキングパウダー！」

二酸化炭素の発生源と聞いて、いきなり答えにたどり着いたトールにユーフィとメーリィが驚いた顔をする。

パンの膨らし粉として使用されるベーキングパウダーはパン生地の中で二酸化炭素を発生させる。主な原料は重曹と酸性剤だ。

ワインの酸味を知っているトールは、ユーフィたちが買った酒石が酸性剤だとあたりをつける。

「海藻灰《かいそうばい》は重曹、なのか？」

「え、えぇ、その通りです。正確には炭酸ナトリウムなので重曹とは異なりますが、今回の用途は重曹の代わりです」

「地球出身者だけあって、話が早くて助かります」

「化学式はさっぱりだけどな」

メーリィが紙に化学式を書きながら説明してくれる。

「トールさんが言う通り、原理はベーキングパウダーと同じですが、この場合は沸騰散《ふっとうさん》と呼ぶのが正しいでしょう」

「沸騰散？」

「明治時代からある炭酸飲料製造用の粉末です。重曹、つまり炭酸水素ナトリウムとワイン製造時にできる結晶、酒石酸水素カリウムを混ぜたものを沸騰散と呼び、商品化していたそうです」

メーリィはそう言って、ワインのコルク栓を取って裏をトールに見せる。そこには半透明の小さな結晶が付いていた。これが酒石らしい。

「炭酸水素ナトリウムと酒石酸を反応させると二酸化炭素を発生させます。準備もできたので実演しましょう」

「え、実演？」

いまから化学実験でも始めるつもりかと、勉強嫌いのトールが身を引いたとき、いつの間にか横に立っていたユーフィがトールのワイングラスを取った。

驚いて目を向けるとグラスの中のワインを飲みほしている。

「おい、それ俺の――」

「では、始めましょう」

「人の話を聞こうぜ？」

空になったワイングラスがトールの前に置かれる。

ユーフィは二つの粉末を取り出した。片方は白い粉。もう片方は赤紫の粉末だ。

「こちらの白いほうが海藻灰、重曹の代わりに入れる炭酸ナトリウムです」

さらさらと、ユーフィがワイングラスに白い粉末を投入する。

「そして、赤紫のほうが赤ワインの樽から得られた酒石英、酒石酸水素カリウム」

さらさらと赤紫の粉末もワイングラスに投入された。

そこに、メーリィが白ワインのボトルを持ってくる。

「最後にこれを注ぐと反応が起き、炭酸飲料になります」

メーリィがボトルを傾けると、白ワインがとくとくと静かに注がれ、ワイングラスの粉末を流れでかき混ぜる。

すると、気泡が発生した。ワイングラスの表面をなぞるように細かい泡粒が湧き立つ。

「どうぞ、この世界初のスパークリングワインです」

「おしゃれなことをするな」

面白いデモンストレーションだと、トールは苦笑しつつ双子の厚意に甘えてお手軽スパークリングワインを口にする。

弾《はじ》ける泡の清涼感。華やかな香りが泡の破裂と共に膨れ上がる。

「おぉ！」

この世界に来て九年、忘れて久しい炭酸の弾け具合にトールは思わず感嘆の声を漏らした。

まさにこれだ、と思うと同時に何かがおかしいことにも気づく。

「なんか、苦いな？」

ワインがやや甘口だったため誤魔化されているが、どことなく不快な苦みがある。

その苦みも含めて懐かしいものではあったが、せっかくの美味しいワインが、という気持ちも否

定できない。

トールの対面から椅子を引いてきた双子がトールを挟むように座る。

「苦いですか？　トールさんは良い舌を持っていますね」

「なんだ、この苦みは？」

「おそらくですが、原料にしている海藻灰の苦みでしょう」

ユーフィは海藻灰をちらりと見た。

正体を聞かされると、誤って飲んでしまった海水の苦さを思い出す。

「どうにかならないのか？」

傷を治すための炭酸ポーションであればこの苦さも我慢はできるだろう。強烈な苦さというわけでもない。

だが、飲みやすいに越したことはない、さらに、味を改善したうえで双子がやって見せたスパークリングワインをワイン蔵と提携して出せば、沸騰散のいい宣伝になる。

トールに、ユーフィとメーリィがそろって微笑《ほほえ》みかける。

「トールさんはシャーロック・ホームズをご存じ？」

「有名な小説の私立探偵だろ」

「ええ、シャーロック・ホームズの舞台であるヴィクトリア朝時代のイギリスではガソジンと呼ばれる、手軽に炭酸飲料が作れるガラス器具がありました」

ガラス器具と聞いて思い浮かぶのは、双子がガラス工房で発注したヒョウタン型のガラス器具だ。あれがガソジンらしい。

ユーフィが大まかな内部構造を描いてみせる。上下の球体に分かれていた。

「下部の球体部分に炭酸飲料にしたい液体を入れ、上部の球体部分には沸騰散を入れます。そのうえで、上部の球体に少し水を注いで注ぎ口を閉めてあげると、発生した二酸化炭素が下部の球体へと届いて溶け込み、炭酸飲料になります。このガソジンの原理であれば海藻灰の苦みに影響されません」

「そこまでちゃんと考えてあったんだな」

「はい。でも、いまはまだガソジンが手元にありませんから、このちょっと苦いスパークリングワインを楽しみましょう？」

「誰も知らない私たちだけのスパークリングワインです」

「そう考えれば悪くないな」

三人分のスパークリングワインを用意して再度乾杯しつつ、メーリィが話を戻す。

「ひとまず、炭酸飲料の作成手順までは完成しましたが、問題は炭酸ポーションですね」

「何の問題があるんだ？　仕組みを聞く限りガソジンでポーションに二酸化炭素を含ませれば完成だろう？」

「地球にポーションはありましたか？」

「ないな……。薬である以上は治験が必要か」

炭酸ポーションそのものは既に存在しているため、安全ではあるだろう。しかし、魔力という現代科学では説明がつかないものの効果に直結するものだけに副作用がないとも限らない。

例えば、原料である海藻灰や酒石との反応でポーションの成分が変化するなどもあり得ない話ではない。

「治験のために怪我《けが》をするわけにもいきませんし、まずは動物実験が必要ですが、その動物をどう確保すれば……」

困り顔のユーフィとメーリィを、トールは不思議そうに見る。

「いや、実験動物なんてたくさんいるだろ」

「家畜を使うのはダメですよ？　協力は得られないでしょうし」

「ダンジョンにたくさんいるだろうが。手ごろなのが」

「……その手がありました」

「トールさんなら苦もなく生け捕りにできますね」

それから数日、ダンジョンで魔物に襲い掛かってはポーションを飲ませて回るマッドな三人組が目撃された。

第七話

宣伝活動

宿の主人に呼ばれて一階に下りてみると、双子がガラス工房に発注したガソジンが収まった箱が置かれていた。

ユーフィとメーリィがガソジンを取り出す。

ヒョウタン型のガラス容器だが、小指ほどの太さで網状に編んだ縄が表面を覆っている。

「縄で覆ってあるんだ？」

梱包材代《こんぽうざい》わりかと思ったが、箱の中には藁《わら》が詰められており、わざわざ縄で覆う必要はなさそうだ。

早速材料を入れて炭酸水を作りながら、ユーフィが答える。

「発生した二酸化炭素の圧力で内側から割れないように補強しています」

「あぁ、ドライアイス爆弾的な」

気体になれば体積は膨張する。ガラス製のガソジンが割れないように外側から補強しているのだ。

ガソジンで作った炭酸水を交互に飲んだ双子は寸分たがわぬ笑みを浮かべて立ち上がった。

「準備は整いました。営業をかけましょう」

「トールさん、ギルド横の酒場に行ってきます」

「俺も行こう。商談なんて見る機会もなかったし、面白そうだ」

完全に興味本位で、トールは散歩に行くようなノリで双子の後ろについていく。

ギルド横の酒場はまだ昼すぎということもあって客はまばらだ。酒場の店主は夜の仕込みをのんびりと進めていた。

荒くれ者の冒険者を相手に商売しているだけあってクマのような店主は顔に似合わず人懐こい笑顔を双子とトールに向ける。

「いらっしゃい。ご注文は？」

「新商品の売り込みに来ました」

「はぁ？　売り込み？」

少女にしか見えない双子に店主は目をぱちくりさせ、確認するようにトールを見る。

だが、トールは明らかに冒険者だ。商談を持ちかけるようにはとても見えない。

不思議そうな顔をする店主に、メーリィがガソジンを掲げた。

「白ワインを一杯、注文します。ひとまず見てくださいな」

「うーん、注文してくれるなら付き合うけども」

怪しげなガラス器具まで取り出した双子を怪しむ店主の目の前で、双子はガソジンに白ワインを注ぎ込む。

白ワインを飲みもせずにガソジンに注ぐ双子にますます店主の顔が曇った。

続いて調整済みの沸騰散《ふっとうさん》をガソジンに入れて、少量の水を注ぎ込む双子。

ワイングラスを拭きながら怪訝《けげん》な顔をする店主の前で、双子がワイングラスにガソジンの中身を移す。

シュワっと小気味良い音を立てて、ワイングラスを駆け上る気泡を見て、店主は目の色を変えた。

「こ、こいつぁ驚いた……」

反応は上々、ユーフィが気泡を立たせるワイングラスを店主に勧める。

「これは、スパークリングワイン。今後、炭酸ポーションを普及させますので、炭酸飲料に慣れるという宣伝で店頭に並べてみてはいかが？」

「……美味《うま》い」

スパークリングワインを飲んだ店主の目に、もはや双子を侮る色はない。

店主はワイングラスを空にすると、大きく頷《うなず》いた。

「詳しい話を聞かせてくれ」

「もちろんです」

沸騰散の組成や詳しい仕組みは企業秘密として省き、スパークリングワインの安定供給が可能であること、料金設定などをあらかじめ用意した書類を見せながら説明していく。

手際の良さに店主も感心していた。

「よし、わかった。メニューに加えたい。ただ、ひとつ頼みたいことがあるんだが……」

「今夜にでも、冒険者の皆さんの前でスパークリングワインのデモンストレーションをしましょうか？」

「お見通しか。頼むよ」

「商談成立ですね」

とんとん拍子に商談をまとめて、双子は店主と握手を交わす。

スパークリングワイン五杯につき銅貨二枚が双子の取り分でまとまったらしい。

「控えめな値段設定だな」

「スパークリングワインはあくまでも炭酸製造が可能になったことをアピールするための広告」

「本命は炭酸ポーションですからね。ふふっ、稼ぎますよ」

ユーフィとメーリィがやる気を燃やす。

酒場を出ようとしたとき、トールはカウンターの端に透明なべっ甲で作られた置物があるのに気がついた。

マテイコが備蓄していたケウロの甲羅から職人に作らせたのだろう。たった数日で完成したとは思えない精巧な出来栄えだ。

少しだけ嫌な予感が、トールの脳裏をかすめた。

双子が足を向けたのは錬金術師ギルドだった。

ギルドでポーションを数本購入するとともに、ポーションを製造できる錬金術師の工房を紹介してもらう。

錬金術師には女性も多いため、ギルドでは弟子入り志願者だと思われたのか疑問も持たれなかった。

早速紹介された工房に向かい、錬金術師と面会する。

清潔な身なりの四十代の女性錬金術師は双子から渡された炭酸ポーションを見てすぐに儲《もう》け話だとわかったらしく、快く工房に招き入れてくれた。

酒場でやったようにガソジンで炭酸を製造してみせると、出来上がった炭酸ポーションの臭いを嗅いだり、味見をして女性錬金術師は唸《うな》る。

「薬効が大幅に強化されている。確かに炭酸ポーションだね。いったいどうやって……」

「秘密です」

「だろうね。それで、炭酸ポーションの素材になるポーションを発注したいのかい？」

「はい。製造可能な量をお聞きしたいです。この後、冒険者ギルドに出向いて販売できるように掛け合うので、卸せる量を知りたいんです」

「そうだね……。いや、私も一緒に行こう。そのほうが話をまとめやすいだろう」

「それは心強いです」

「こんな大きな話、乗らないはずがないさ」

錬金術師の女性を伴って冒険者ギルドを訪問し、炭酸ポーションを提示するとすぐにポーションのギルド販売を担当する職員と応接室で商談することになった。

隣の酒場からすでに話が回っていたらしく、職員は双子が来るのを待ち受けていたらしい。

「確かに炭酸ポーションですね」

錬金術師と同じように検分して、炭酸ポーションを認めた職員は困り顔で唸った。

「資料を見せていただいても？　ダンジョンで治験をしていたようですが」

さすがに冒険者を取りまとめるギルドだけあって、トールたちのマッドな治験は筒抜けらしい。

ユーフィが資料を提示して説明すると、職員は困り果てたようにため息をつく。

「薬効も十分。これで冒険者の死亡率がどれほど下がるのか想像もつかないですね」

「その割に、あまり乗り気ではないようですが……？」

ユーフィが指摘する通り、職員は資料を読みながらも眉間のシワを解かない。

「値段の設定が難しいんですよ。近くの温泉町で安価で売っているのは、炭酸が抜けてしまうからです。フラーレタリアで炭酸を作れるばかりか、ダンジョン内で調合も可能な沸騰散なんて、どう値段を決めたものか……」

確実に需要がある。即効性のあるポーションは確実に冒険の安全性を高めるのだから。

だが、既存のポーションの完全な上位互換である以上、既存のポーションよりも値段は高く設定することになる。

しかし、怪我《けが》が多いDランクやCランクの冒険者ほど手持ちの資金は少ない。せっかくの炭酸ポーションが買えないのではありがたみがあまりに薄い。

「お二方はいくらで販売するつもりでしょうか？」

「沸騰散は炭酸ポーション換算で十本分をクラムベロー銀貨二枚」

「炭酸ポーションは十本でクラムベロー銀貨一枚です」

炭酸が抜ければ薬効は普通のポーションと同じになるため、どこでも調合できる沸騰散の方が価格が上になっている。

調合済みの炭酸ポーションでも、通常のポーションの倍の値段だ。しかし、妥当な線だとトールも納得する。

DランクやCランクであっても常用するのは難しいがぎりぎり手が届く範囲だ。

既存のポーションとも競合しにくい価格である。

冒険者でなくても怪我は可能な限り早く治したいものだが、緊急性のある怪我は少ない。普通のポーションは今後も常備薬として使われ続ける価格設定だろう。

職員や錬金術師の女性も同じ意見らしく、異論は出なかった。

「錬金術師ギルドと価格調整の相談をしましょう。いまからお時間を頂いても？」

「大丈夫です。行きましょうか」

たった半日であちこち歩きまわりながらも確実に話を進めていく。

後ろから一部始終を眺めているトールはウェンズの言葉を思い出していた。

『――その姉妹の知識があれば、作った資金でいくらでも再起が図れる』

双子の働きぶりを見れば、同意するしかなかった。


十日も経《た》つころには、フラーレタリア中に炭酸ポーションとスパークリングワインの噂《うわさ》が広まっていた。

もともと炭酸ポーションの即効性、有用性は冒険者が知るところだ。炭酸泉が湧く温泉町に近いフラーレタリアならばなおのこと、注目度は高い。

そんな炭酸ポーションの口当たりに慣れるという名目のスパークリングワインが売れないはずはなかった。

冒険者は情報収集やダンジョンに潜る前にパーティ内のきずなを深める目的で酒場を利用する場合が多い。

端的に言って、スパークリングワインは売れた。

飲みなれない口当たりに顔をしかめる冒険者もいたが、炭酸ポーションをいざというときに飲めるように訓練できるとパーティ仲間に勧められては断れない。

アルコール抜きの炭酸水を安価に供給することでアルコールが苦手な者にも浸透させた。

続いて、冒険者ギルドにて炭酸ポーションの製造と沸騰散の販売が開始された。

魔物の巣窟であるダンジョンに潜っている冒険者は諸手《もろて》を挙げて歓迎し、関係者には金貨が何枚も転がり込んだ。

双子はこの金貨を元手に錬金術師の工房と正式な契約を結び、ガラス工房とつないでガソジンを錬金術師の工房に搬入し、炭酸ポーションの生産体制を確立、安定供給につなげた。

双子はたったの十日間で事業開始から安定化までこぎつけたのだ。

フラーレタリアに納める税金の計算をしている二人を眺める。

これなら自分が突然いなくなっても双子の生活は安泰だろうと、トールが安心していると、ユーフィに声をかけられた。

「トールさんに護衛依頼を出さないといけませんね」

「護衛依頼？　またダンジョンにでも潜るのか？」

「いえ、炭酸ポーション事業をここまで安定させられたのはトールさんがそばにいたからです。炭酸ポーションの利権を狙われなかったのはトールさんのおかげ」

「いやいや、フラーレタリア内にいる限り、そうそう危険な目にはあわないだろう」

フラーレタリアは冒険者が多く活動している街だけあって、治安維持を担う衛兵も多い。

双子に対して横暴を働く者が出るとは思えなかった。

「それに、二人はエンチャントもできるようになっただろ。魔機獣の討伐実績がないからDランクのままだが、実力的にはBランクだ。襲われても返り討ちにできる」

「トールさんはお金に無頓着ですからわからないのかもしれません。でも、炭酸ポーションで動いているお金は悪意を呼ぶのに十分な金額ですよ」

「そうか？　どちらにしても、護衛依頼は受けない。俺は仲間から金をとるつもりはない」

「仲間、ですか」

ユーフィとメーリィがじっとトールを見つめる。

トールは秤《はかり》で海藻灰《かいそうばい》の重量を測りながら問う。

「いやか？」

「そういうわけではありません」

「トールさんが仲間という表現を使ったことが意外」

「あぁ、言われてみれば確かに俺らしくないかもな」

トールはソロのBランク冒険者だ。

仲間はおろか、パーティを組んだ経験すら片手で足りる程度である。

ユーフィとメーリィが柔らかい笑みを浮かべた。

「いいですね、仲間。そうこなくてはいけません」

「嬉《うれ》しがるようなことか？」

「当然です。仲間と思っているのなら、距離を置くこともないでしょうし」

「距離を置いていたつもりはないんだが」

むしろ、割と近いくらいの付き合い方をしているつもりだったトールは面食らう。

メーリィが苦笑した。

「戦闘訓練がどんな動機からくるものか、無自覚だったんですね」

「……あぁ、ある種の自己保身みたいな、そういう動機もあったかもしれない。旅をするなら戦闘訓練が必要なのは嘘《うそ》じゃないんだけどな」

指摘されて初めて自覚したトールが謝ったほうがいいかと考えた直後、ユーフィとメーリィが頭を下げた。

「動機が何であれ、エンチャントのやり方を教えてくれてありがとうございます」

「この流れで感謝するのかよ。こちらこそ、すまなかった。無意識とはいえ距離を置いていた」

「いえ、トールさんが人付き合いに臆病な理由は理解していましたし、こうして炭酸ポーションを作ってお金を稼いだのもトールさんの心配を減らすことが目的です。目的が達成できたとわかって嬉しいくらいですよ」

「それに、動機がどんなものであっても、やってもらったこと、教えてくれたことに感謝しないわけにはいきません。そこは本当に感謝しているんです」

素直に感謝してくる双子に、トールは苦笑する。

「参ったな。こちらこそ、気遣ってくれてありがとう。いまさら不安を隠しても逆に格好悪いか。

これからも仲間として頼りにしてるよ」

この二人には敵《かな》いそうもない。

トールは軽く咳払《せきばら》いして話題を変えた。

「当面の資金も稼いだようだし、これからどうする？　フラーレタリアを出て観光に行きたいとかあるか？」

「いえ、もう少し炭酸ポーションの事業を拡大して、フラーレタリア以外にも普及させる下地を作ろうと思います」

「私たち二人でこの事業を管理するのは無理ですから、基礎を整え次第、冒険者ギルドや錬金術師ギルドを通じてしかるべき管理人を立てます」

「それがいいかもな。冒険者も炭酸ポーションが普及すれば死亡率が下がるだろうし、フラーレタリアのダンジョン攻略が加速しているって話もある」

先日、炭酸ポーションや沸騰散を持った冒険者クランが十年ぶりに階層を更新し、第九階層に到達したとの噂が流れている。

他にも、怪我が絶えない前衛組の安定化で躍進しているパーティも増え、全体的に深くまで冒険者が潜るようになっている。

「二人にギルド支部長が感謝してたぞ。フラーレタリアのダンジョンに人手を取られすぎていると他の支部からつつかれていたらしい。ただでさえ、最近は各地にダンジョンが出現して、冒険者の人手不足が深刻だからな」

　冒険者は街道や地域の安全を確保する大事な戦力だ。

　一か所に集中するのは他の地域の不安定化を招くため、適度に動きがあるほうが望ましい。

　ダンジョンが攻略されれば冒険者も適度に周辺地域へと散っていくため、攻略を加速させる炭酸ポーションと沸騰散の開発は支部長にとっても喜ばしいものだったのだろう。

「金銭は悪意を呼ぶが、使い方を間違えなければいろんな人間を救うんだ。ユーフィもメーリィも胸を張っていい。やっかむ奴がいれば俺が黙らせるさ」

　密輸事件もあって金銭が呼ぶ悪意を警戒している二人を励まして、トールは沸騰散を小分けする作業に戻った。

第八話　臥龍起く

「――と、取引中止？　どういうことですか？」

　突然宿に訪ねてきたワイン蔵のオーナーに、メーリィが困惑もあらわに問い返す。

　オーナーは苦々しい顔で明後日《あさって》の方角を向いた。

「その様子だと、ご存じないようですな。我々にとっても業腹ですが、先手を打たれたんですよ。もうじき、他の関係者も――」

「失礼、錬金術師ギルドの者ですが……」

オーナーの言葉を遮るようにノック音と共に扉の向こうから声がかけられる。

ユーフィがオーナーを見ると、無言で頷《うなず》きを返された。招き入れてよいということだろう。

「鍵は開いています。どうぞ」

「失礼します。……本日は取引の中止を――あぁ、この様子ですと事情はもう？」

錬金術師ギルドの代表者はワイン蔵のオーナーを見て状況を察したらしい。

詳しい話はまだだとメーリィが首を振るのと、廊下をこちらに歩いてくる足音が部屋の前で止まったのは同時だった。

錬金術師ギルドの代表者が開けたままだった扉から、恐る恐るといった様子でガラス工房の長が顔を覗《のぞ》かせる。

「あちゃー、皆さんそろい済みで」

弱り顔のガラス工房長が部屋に入ってくる。

奇《く》しくも炭酸ポーションの製造にかかわる人物が勢ぞろいした形になった。

酒石《しゅせき》とスパークリングワイン用白ワインを卸すワイン蔵オーナー、炭酸ポーションの製造と改良を行う錬金術師ギルドの代表者、海藻灰《かいそうばい》やガソジン、炭酸ポーション用のガラス容器を扱うガラス工房長、三人が並んで座る。

ユーフィとメーリィは不安そうに後ろにいるトールをちらりと見た後、三人に向き直った。

「取引中止とは、どういうことでしょうか？」

いくらか冷静さを取り戻した様子で静かに問いかけるメーリィに、三人は牽制《けんせい》しあうように視線を交わした。

一番立場が上の錬金術師ギルドの代表者が背中を押されたようにしぶしぶ口を開く。

「フラーレタリア商業ギルドに先手を打たれました。具体的には、炭酸ポーションの製造と販売にかかわる者との取引を全面的に停止すると発表されまして、わたくし共としては炭酸ポーションとの利益を天秤《てんびん》にかけた場合、こちらの取引を停止するほかなく……」

「……そんな横暴が許されるんですか？」

商業ギルドの理不尽極まる発表に、メーリィは眉を顰《ひそ》める。

ガラス工房長が口をはさんだ。

「言いたいことはわかる。お嬢さん方の言う通りの横暴だ。だが、連中も必死なんだよ。連中が恐れているのは炭酸ポーションの売り上げじゃない。炭酸ポーションで加速しているダンジョン攻略なんだ」

フラーレタリアにダンジョンができて五十年近く、地元の商会は数十年ものあいだ営業を続けていくうちにダンジョン産の物品に依存してしまっている。

ダンジョンの封印がなされれば、彼らの生活が立ち行かなくなる。

炭酸ポーションによる攻略の加速は商業ギルドにとっては寝耳に水で、準備がまるで整っていなかったのだ。

「お嬢さん方が冒険者ギルドや錬金術師ギルドを通じてフラーレタリア議会に根回しして、この事態を回避しようとしていたのも知ってる。商業ギルドもそれを知っているからこそ、この強硬手段に出たんだろう」

ガラス工房長の言葉に、双子がそろってため息をついた。

トールが双子のそばにいる以上、武力行使による排除は難しい。だが、周囲に対する恐喝まがいの取引停止表明は倫理的な問題はあっても商取引の一環だ。外部が口を挟めるものではない。

「こんなことをしたら商業ギルドも信用を失うでしょうに」

「時間稼ぎだろうなぁ。向こうも苦渋の決断だと思うぞ」

同じフラーレタリアの住人だからか、ガラス工房長は半ば同情してもいるらしい。

「それに、いまは議員で商業ギルドの重鎮のマテイコが悲願の透明べっ甲を扱って商品を大々的に売り出している。販売直後に供給が停止したら、マテイコの面目も丸潰《まるつぶ》れだ」

「あぁ……」

老紳士マテイコの顔を思い出して、ユーフィとメーリィは暗い顔をする。

九年もの間、研究を重ねながら利用価値を見出《みいだ》せなかったケウロの甲羅から取れる透明なべっ甲。

マテイコとしては待ちに待ったこの商機に冷や水を浴びせられてはたまったものではない。

商機をもたらした双子も複雑な気分だった。

「では、マテイコさんが裏で動いていると？」

「いや、それが動いている様子がないんだ。商業ギルドの独断専行だろうなぁ」

商業ギルドとしては、伺いを立てるまでもなくマテイコが味方してくれていると考えているのだろう。少なくとも利害は一致しているのだから。

ガラス工房長は渋面で首を振る。

「時期が悪かったというべきかもな……」

ワイン蔵のオーナーが席を立ったのをきっかけに、錬金術師ギルドの代表者、ガラス工房長も立ち上がる。

「恨んでくれて構わない。だが、取引は中止だ。現在の在庫に関してはこちらで処分する」

決定事項だとばかりに言い置いて、三人は部屋を出ていった。

扉が閉まると、ユーフィとメーリィがため息をついた。

「負けましたね」

「認めがたい手ではありますが、事実は変わりません」

「……二人はそれでいいのか？」

商談中、一切口を挟まなかったトールが落ち着いた声で問いかける。

しばらくの沈黙の後、双子は首を横に振る。

「納得できません。しかし、打てる手がありません。相手はいわば、フラーレタリアの商業全て」

「法に照らしても突ける部分がありません。これは完全な負け戦です。トールさんに認めてもらったのに無念ですが、これではもう」

双子が再びため息をつく。

炭酸ポーションの開発こそあっさりしたものだったが、そこから販売と普及、事業拡大へと、双子は全力で取り組んでいた。

そのすべてが水泡に帰したのだ。落ち込むのも無理はない。

どっと疲れが押し寄せたのか、机の上に置いてある帳簿を片付ける気力もないらしい。

トールは窓から遠くに見えるフラーレタリア商業ギルド本部の建物を睨《にら》む。

ユーフィとメーリィが炭酸ポーションの普及に努めたのは、経済的にトールから自立して対等な立場に——仲間になるためだ。

トールが万が一地球に戻ったり、別の異世界に転移するような事態になっても二人の心配をしないで済むようにする。それこそが、トールとの関係性を築くための第一歩だからだ。

そして、ユーフィとメーリィはやってのけた。トールとの関係性を築くスタート地点に立ってくれたのだ。

そんな二人の優しさが、いま一方的に踏みにじられようとしている。その横暴を、ほかならぬトールが見過ごせるのか。許せるのか。

「……許せるはずがない」

トールは呟《つぶや》いて、腕を組む。

「このままでは終わらせない」

「トールさん？」

「ユーフィとメーリィが努力しているのを目の前で見ていた。こんな形で横やりを入れられて終わらせるなんて我慢ができない。それだけじゃない。商業ギルドがやったのは、思惑はどうあれ――自分たちの利益のために、炭酸ポーションで助かるだろう冒険者に、死ねと言ったのと同じだ」

確かに、商業ギルド側も生活がかかっていて必死なのだろう。しかし、ダンジョンは封印されるべきものであり、それを妨害することは旧文明がたどった運命と同じように魔物被害の危険に文明を晒《さら》す行為に他ならない。

命がけで戦う冒険者にとって、今回の商業ギルドの姿勢は到底容認できないものだ。

ユーフィが困ったような顔をする。

「トールさんの怒りは正当なものだと思います。ですが、やはり打つ手がありません」

「打つ手ならあるさ」

意外な返答に、ユーフィとメーリィはトールに期待を込めた目を向ける。

トールは不敵に笑った。

「向こうがからめ手を使ってくるなら、こちらは真正面から力業を行使すればいいだろ」

「暴力はダメですよ？」

「なにも、商業ギルドに暴力の矛先を向けるつもりはない。俺は冒険者だからな」

双子の突っ込みを笑い飛ばし、トールは続ける。

「炭酸ポーションでダンジョンを攻略する。ダンジョンそのものがなくなってしまえば、商人たちもうだうだ言えない。ユーフィとメーリィは、ダンジョン攻略の最大の貢献者として名を売って、炭酸ポーションを普及させてしまえばいい。市場はここだけじゃないからな」

ダンジョン攻略、まさに力業の解決策である。

ユーフィとメーリィは考えもしなかったその手に感心するが、同時に躊躇《ちゅうちょ》した。

「……これは私たちが招いた問題。なのに、頼っていいんですか？」

「当たり前だ。仲間なんだから頼れ」

間髪いれずに返事をしたトールに二人は嬉《うれ》しそうに笑う。

「よろしくお願いします、トールさん」

第九話

臨時パーティー

冒険者ギルドの受付は大混雑していた。

「炭酸ポーションの供給が止まるってのはどういうことだよ。代替品はあんのか？」

「ギルドは撤回に向けて動いてるのか？」

「第九階層は奇襲してくる魔物が多いんだよ。即効性のあるポーションがなければ攻略にどれだけ死人が出ると思ってる⁉」

涙目になって対応している職員たちに、トールは同情した。

冒険者ギルドはきちんと仕事をしている。炭酸ポーションに関してはギルド長も動いている。

だが、状況を周知するだけの時間がなかったのだろう。命が懸かっているだけあって冒険者も今日ばかりはダンジョンに向かわず情報収集に躍起になっている。

そんな場所に、炭酸ポーションの開発者である双子を連れてやってきたトールに、冒険者たちが目を留めた。

水を打ったように静まり返る。

Bランクの冒険者に詰め寄るほど愚かではないのだろう。

トールたちが無視して受付に向かおうとしたとき、人ごみを割って、小柄な女性が現れた。

赤い髪を首のあたりで雑にくくったポニーテールを揺らす、目つきの鋭い若い女だ。刃渡り二メートル近い長剣を納めた鞘に特徴的な民族文字が刻まれている。

メーリィが興味を惹《ひ》かれたように文字を読み取った。

「鞘《さや》討《う》ち？」

「うん？　……読めるのかい？」

メーリィに鞘の文字を読み上げられた女が面食らったような顔をする。

ユーフィが小さく頷《うなず》いた。

「北方シュリーヘルの少数山岳エルフの文字ですよね」

「博識だね。育ての父からの譲りものさ。まぁ、そんなことはどうでもいい。おい、赤雷《せきらい》！」

声をかけてくる若い女に、トールは観察するような目を向けた。

こんなちんちくりんの知り合いなんかいたっけ？　と表情に出ている。

少しイラっとした様子の若い女が名乗った。

「鞘討ちのバストーラだ」

「あぁ、Bランクパーティの鞘討ちか。活動拠点はもっと北じゃなかったか？」

Bランクパーティ『鞘討ち』はバストーラを筆頭とした七人組。トールの記憶が正しければ冒険者序列四十一位である。

「炭酸ポーションの噂《うわさ》を聞いて確かめに来たのさ。それより、これは何の騒ぎだい？　あんたが絡んでるんだろ」

「商業ギルドがダンジョンを攻略されると困るって炭酸ポーション関係者に圧力をかけて販売停止に追い込んできたんだ。むかついたからダンジョンを攻略する。鞘討ちも来るか？」

「腸《はらわた》煮えくりかえる話を聞かされたかと思ったら面白い意趣返しを企画してんじゃんか。参加してやんよ」

「参加ありがとよ。炭酸ポーションの在庫も使いたい放題だ。効果も確かめられるし一石二鳥だろ？」

「へへ、ラッキー」

いかつい名前に似合わずおてんば少女のような笑顔を浮かべたバストーラは背後のテーブルに座っていた仲間を手招いた。

六人の男女が立ち上がった。平均年齢二十代後半に見える。しかし、バストーラを含めて全員特徴的に尖《とが》った耳をしていた。

全員がエルフ族、実年齢は二百歳を超えているだろう。

「序列十七位、赤雷のトールさんですね。お初にお目にかかります」

「これはどうもご丁寧に」

鞘討ちのメンバーと握手を交わし、トールは受付に向かう。

「パーティ申請をしに来た。こっちの双子と、それから鞘討ちも合同で臨時パーティを組む。それから、運び人を募集したい。報酬は一日金貨一枚、条件はエンチャントが可能なこと」

「……は、はい」

序列持ちがあっさりと臨時パーティを組むのを呆然《ぼうぜん》と眺めていた受付がこくこくと何度も頷いた。

募集用紙を出す受付を眺めるトールの後ろで、冒険者たちが視線を交わしあう。

一日金貨一枚は破格の条件に聞こえる。しかし、序列持ちの戦闘に巻き込まれる恐れがあるばかりか、目的がダンジョン攻略、つまりは最深層である。

条件にある『エンチャントが可能なこと』も自分の身は自分で守れと言っているのに等しい。強力な魔法が飛んでくる戦場で荷物を守らねばならないのだ。

半端な冒険者ではついていけない。

トールもこの条件では稼ぎを目的に参加する者がほとんどいないことはわかっている。

受付が注目を浴びながら居心地の悪そうな顔で掲示板に募集を貼り出すと、冒険者たちは遠巻きに成り行きをうかがい始めた。

トールは鞘討ちたちと席に着き、ダンジョン攻略の計画を立て始める。

「鞘討ちはフラーレタリアダンジョンについての資料に目は通しているか？」

「読んだ、九階層に到達したばかりだってな。十年前から八階層で足踏みしてたと聞くが、冒険者の実力不足というより、ダンジョン内部の環境が原因だろう」

「あぁ、炭酸ポーションが普及してすぐに攻略できたのが証拠だろう。八階層までは魔物の脅威度も含めて十分に対処できる」

トールも物資の補給面が整っていれば単独で八階層まで下りる自信があった。

九階層についてはまだ情報が出そろっていないものの、砂漠地帯だと判明している。奇襲を行う魔物が多く、負傷しやすい環境だ。

バストーラがトールの横に座る双子を見る。

「なぁ、その双子を連れていくのかい？　あんまり強そうには見えないが……」

「エンチャントができるし、戦闘力はBランク冒険者並みだ。そんなに心配はいらない。遺跡と違ってダンジョンに魔機獣は出ないしな。それに、この二人がいればダンジョン内で炭酸ポーションの調合ができる」

「え、もしかして、この双子が炭酸ポーションの開発者!?」

驚いて身を乗り出すバストーラに、ユーフィとメーリィが気圧《けお》されたようにのけぞった。

双子の反応などお構いなしで、バストーラはしげしげと双子を観察し、納得して椅子に座りなおした。

「そういうことなら必要な人材だね。話も聞きたいから、歓迎だ。それで、私らはその双子の護衛が主な仕事かい？」

「後は就寝時の見張りだな」

「了解。まったく、これでも序列持ちなんだけど、戦闘では出番がないんだろうね」

苦笑するバストーラと同じ気持ちなのだろう。鞘討ちのメンバーも苦笑したり肩をすくめている。

「Bランクの序列持ちパーティですよね？　そんなに戦闘能力が違うんですか？」

メーリィの疑問に、バストーラは「違う、違う」と軽く手を振って否定する。

「私ら鞘討ちの序列は戦闘貢献度での評価じゃないんだよ。人、魔物、魔機獣の区別なく、標的の追跡と生け捕りが得意なんだ。正面から戦闘もできるが、基本的には絡め手を使うほうでね。鞘討ちって二つ名もせっかくの武器を抜かずに標的を捕らえるってやっかみからきてんのさ」

気に入っているけどね、とバストーラは白い歯を見せて笑う。

トールはバストーラの言葉に補足する。

「本人はこう言っているが、Bランクの時点でエンチャントが使える。それも、鞘討ちはメンバー全員が使えたはずだ。そもそも、武器を抜かずに魔機獣を生け捕りにできる時点で弱いはずがない」

トールの評価に、鞘討ちはそろって不敵な笑みを浮かべた。

「まぁ、実績がちょっと足りてなくってAランクにはなれてないけどね。護衛なんて面倒すぎてやる気にならないんだよ。でも、あんたら双子には興味があるから、ちゃんと守ってやるさ」

バストーラがそう言ったとき、遠巻きに見ていた冒険者たちがざわめいた。

重々しい足音が近づいてくる。

トールが顔を向けると、頬《ほお》に傷がある壮年の男が率いる五人組が歩いてくるのが見えた。

「募集を見た。参加させてほしい」

壮年の男が冒険者証を見せる。ランクはDだった。

「Dランクパーティ『岩塊《がんかい》』を名乗っている。俺はフドゥ、パーティリーダーだ」

トールはフドゥたちをざっと見て、笑みを浮かべた。

「頼りになりそうだな。よろしく」

トールの言葉に双子が驚いて耳打ちする。

「強そうですけど、ランクはDですよ？」

「メーリィ、ランクCへの昇格条件は？」

「魔機獣の討伐ですね。だから私たちもランクはDです」

「たまにいるんだよ。ランクに興味がない。金はいくらでも稼げる。でも、ダンジョン攻略の名誉が欲しい。そういう凄腕《すごうで》連中。冒険者は自由人が多いんだ。ランクはあてにするな」

それに、とトールはフドゥたちの剣を見る。

使い込まれているのがはっきりとわかる。エンチャントを日常的に使っているせいでフドゥたちの魔力が籠《こも》っているほどだ。

トールとメーリィの会話を耳聡《みみざと》く聞きつけたらしくフドゥがにやりと笑う。

「第九階層に最初に踏み入ったのは俺たちだ」

「つまり、フラーレタリアダンジョンの最前線にいるパーティですか？」

「そういうことだ。足は引っ張らない。邪魔なら置いていってくれても構わん」

「鞘討ちも異論はないな？」

「ないね」

鞘討ちを代表してバストーラがあっさりと了承して立ち上がる。

トールも席を立ち、フドゥと握手を交わした。

「出発は明後日《あさって》だ。各自、備えてくれ」

第十話

ダンジョン攻略開始

砂丘から吹き降ろす風が砂を巻き上げて色づき、冒険者たちへと迫る。

細かい砂粒がパラパラと顔に当たり、対策していない冒険者たちの目に入り視界を奪う。

視界が奪われた冒険者たちの隙《すき》を見逃さずに砂の中に潜んでいた魔物が無数に枝分かれする鋭く尖《とが》った舌を砂上の冒険者へと突き出す。

「――邪魔」

次の瞬間、無数の舌が宙を舞う。

鎖につながれた戦輪《チャクラム》が砂風を瞬《また》く間に払い、ジャリジャリと音を立てて舌の持ち主が潜む砂を掻《か》き分けた。

慌てて砂を掘って逃げだそうとする魔物だったが、もう遅い。

鎖戦輪《くさりせんりん》が砂中の魔物を両断し、砂から血が滲《にじ》みだす。

鎖戦輪を手元に引き寄せた冒険者、トールは目をこすりながらため息をつく。

「髪がぼっさぼさなんだけど。早いとこ第十階層に向かうか。ちょっと空から見てくるわ」

だらりと砂上に投げ出された鎖戦輪は赤い雷を纏《まと》ったかと思うと、バネ仕掛けのように跳ね上がり、その上にいたトールを高く打ち上げる。磁力による反発を応用した跳躍で常人では到達できない高度に達したトールは周囲を見回し、自由落下してくる。

鎖戦輪を砂上に投擲《とうてき》し、磁力による反発力を調整しながら軟着陸すると、パーティメンバーに行く先を示した。

「スロープが見えた。こっちだ」

歩きだしながら、砂丘を駆け下りてくる四足歩行の魔物に鎖戦輪を投げて斬り殺す。

トールの後ろに双子たちが続いた。

「ダンジョンの魔物って、外より強いって聞いたことがありますけど……」

メーリィが話す間にも、トールは奇襲を受ける前に砂の中に鎖戦輪を突っ込み、無数の長い舌を持つ魔物を死体に変えて砂の上に打ち上げる。

メーリィの言葉に、岩塊《がんかい》のフドゥが自信をなくしたような顔で答える。

「魔力が豊富な分、図体《ずうたい》がでかい。それに、ダンジョン内では魔物同士の共食いがしょっちゅう発生するせいで戦い慣れてる個体も多い。これは長く放置されたダンジョンの階層ほど顕著なんだ。ダンジョン最奥にいる俗にいうボスは、最も魔力が濃い最奥を魔物同士が常に奪いあって勝ち残った最強の個体だ。……間違ってもすれ違いざまに殺して進めるはずがないんだが、どうやら世界は間違っているらしい」

砂丘の陰に潜んでいた魔物が砂丘の頂上に立ったトールへ砂岩の棘《とげ》が生えた尾を振り抜く。

鎖戦輪が雷鳴の如き轟音《ごうおん》を響かせて迎え撃ち、魔物の尾を弾《はじ》き飛ばした。勢いを殺しきれずに魔物が尾に引きずられるように宙へと放り出される。

トールは砂丘の頂上で方向を確認しつつ、宙に浮いた魔物を両断する。

砂丘を流れる一筋の赤い川が出来上がった。

役目を終えて戻ってきた鎖戦輪の先端をトールが掴《つか》む。鎖手袋と鎖戦輪がかち当たり、かすかな金属音を立てた。

鞘討《さやう》ちのバストーラがひきつったような笑みを浮かべる。

「魔機獣が倒せるようになったあたりで、誰でも自分が強くなったんだと自覚するもんだけどね。私らから見ても赤雷《せきらい》はちょっとどうかしてるわ。なに、あの武器」

ダンジョンに入ってから第九階層まで、岩塊の案内もあって最短距離を進んできてすでに三日目。

魔物との遭遇回数は三桁に及ぶも、トール以外は武器を構える必要もない。

トールの間合いは棒立ち状態でも五メートルを超え、身体強化を使った足運びなどを加味するとさらに広がる。

魔物に接近を許さず一方的に即死攻撃を放っていた。

「間合い広すぎ、反応早すぎ、攻撃速すぎ。そりゃあ、ソロBで序列持ちだけあるよ」

「鞘討ちさんたちも序列持ちですよね。それもBランク」

「これでも、序列持ちとしてのプライドとかあったんだよ？　でもさ、あれを見ちゃうとねぇ」

バストーラが頬《ほお》を掻く。

そうこうしているうちに第九階層の端に到着する。

そのまま第十階層、第十一階層と何事もなく進んでいたトールたちの足を止めたのは第十二階層だった。

「――さて、どうする？」

第十二階層に下りたばかりのトールは坂道に座り込んでパーティメンバーに尋ねた。

第十二階層は大木のような奇岩が林立する不可思議な景観だった。遠目に人の三倍はありそうな巨鳥が見える。

「登攀《とうはん》装備がありませんし、奇岩の根元を縫って歩くのが正解でしょう。ただ、あの鳥が奇岩の頂上に岩を運んでいるように見えるのが気になります」

メーリィが魔物の動きを観察しながら言う通り、巨鳥は岩を運んでいる。あんなものを奇岩の上から落とされれば、いくら冒険者でも即死しかねない。

正攻法があるとすれば、奇岩の上を制圧して周辺に寄ってくる巨鳥を撃墜、そこから別の拠点となる奇岩の上を制圧していく形が安全だろう。

だが、奇岩は小さいものでも高さ十数メートルある。五階建てのビルの高さに相当するその頂上へと登るには専用の装備が必要になるだろう。

「頭上の安全さえ確保されれば、私らで地上の奴は片付けられるよ」

バストーラが奇岩の隙間から見える地上を観察しながら請け負う。

トールはフドゥに目を向けた。

「物資はあとどれくらいもつ？」

「余裕を持って十日分」

「帰るのに四、五日はかかるから、進めても二日か」

トールは腰のポーチを開いて中からマキビシを取り出す。

「頭上は俺が潰《つぶ》して回る。この階層を越えても最奥に着かなければ一時撤退だな」

「了解」

念のため頭上に注意し、自然発生の落石などがあった場合に魔法で迎撃する役割などを決めた後、出発した。

跳躍力に優れたウサギのような魔物をバストーラが鞘《さや》に入ったままの長剣で撲殺する。

横に振り抜いた長剣の勢いのまま体を反転させて後続の魔物を蹴り飛ばし、長剣を地面に突いて棒高跳びの要領でふわりと浮き上がる。

さらに空中に土魔法で足場を生成して蹴り、正面の魔物に頭から突進、ウサギ魔物の群れの中央に到達するや否や長剣を振り抜いた。

魔物の群れが四方八方に散らされ、バストーラの仲間たちが手分けして殴殺していく。

「足場が悪いから、血は流さない方向で。滑ると危ないからね」

声をかけあいながら、言葉通りに流血を最小限に抑えて魔物の群れを撃破する鞘討ちたちの頭上

では、奇岩の合間をトールが飛んでいた。

鎖戦輪を奇岩に突き刺し、磁力による吸引で自らの体を引っ張って移動する。ワイヤーアクションのような動きで奇岩の間を飛び交い、巨鳥を間合いに捉えた瞬間にマキビシを磁力で射出した。

散弾銃のように襲い掛かるマキビシを体が大きい巨鳥は躱《かわ》すこともできない。マキビシが胴体に深く食い込んだ。

それでも致命傷にはならず、反撃に転じようとするが、トールが鎖戦輪を軽く振り回すと磁力に引かれたマキビシが巨鳥の体内で暴れ、肉を突き破って鎖戦輪に回収された。

体内をずたずたに引き裂かれた巨鳥が墜落していくのを気にも留めず、トールは奇岩の上に巨鳥がため込んでいた岩を仲間が通る前に地面に蹴り落として安全を確保する。

「――トールさん、休憩です」

ユーフィに声をかけられ、トールは片手をあげて応じる。

周囲の安全を確認した後、奇岩に鎖戦輪を突き刺し、ゆっくりと地面に下りた。

「魔力回復用の炭酸ポーションです」

メーリィが全員に炭酸ポーションを配っていく。

トールは柑橘《かんきつ》系の香りがする炭酸ポーションに口をつける。

レモンソーダっぽい、と思いながら飲み干して、魔力が回復するまでの休憩に入る。

「魔力ポーションが美味《うま》い！」

バストーラが笑いながら、ポーションの入ったコップを掲げる。

「いつもはただ酸っぱいだけだもんなぁ。口がきゅってなるしさ。詠唱できないっての」

バストーラにフドゥたちが無言で頷《うなず》いて同意する。

メーリィがポーションを片付けながら口を開いた。

「提携していた錬金術師さんたちが炭酸の飲み口に合わせて調整したそうです」

「やるねぇ。圧力に屈した腰抜けだとばかり思ってたよ」

バストーラが褒めているのか貶《けな》しているのかわからない評価を下す。

フドゥがメーリィに声をかけた。

「ダンジョンが攻略された後、フラーレタリアはどうなると思う？」

「ダンジョンは封印しても残りますよね？」

「魔物がそれ以上増えないというだけで、空間としては残るな。観光地化を図っているところもあるが、あまりうまくいっていないようだ」

「一般的な利用方法と同じく放牧地としての利用になるでしょうね。温泉地への輸出はこれまで行っていたのですから、その販路を利用するでしょう。後は皮革、紡績業への切り替えが主になると思います。冒険者向けの宿は多くが店じまいすることになり、失業者が増えるので紡績業で雇用を創出する必要がありますね。先ほど倒していたウサギの魔物の毛を見ましたか？」

フドゥたちが顔を見合わせる。魔物を討伐対象ではなく毛織物の原料として見ていた者はいなかった。

トールは件《くだん》のウサギを思い出し、浮かんだ単語を口にする。

「アンゴラウサギ」

「まさにそれです」

メーリィがぱちぱちと拍手する。

長毛種のウサギであり、外見的特徴に近いものはあった。

しかし、話題になっているウサギは魔物である。それなりに凶暴で、何より跳躍力に優れているため半端な囲いでは逃げ出してしまうだろう。

「多少、管理が大変だと思いますが繁殖力次第では十分に家畜としての価値があります」

「それに、ほかの地域から改良済みの家畜を輸入してきて繁殖させるという手もありますね。とはいえ、どの場合でも、数年の不況が訪れると思います」

「やっぱりそうなるか」

フドゥが険しい顔をした。

ダンジョンを封印しないわけにはいかないが、自分たちがフラーレタリアの不況の引き金を引くのは良い気分ではない。

士気が下がりそうな結論に、バストーラが口をはさんだ。

「歳がばれるからあまり言いたくない言い回しだけど、私の経験上そんな穏やかな未来が来るのは数年後だよ」

「どういう意味ですか？」

ユーフィが尋ねると、バストーラはトールをちらりと見た。

「そこのソロBも含めて、Bランクなら知ってると思うけどね。ダンジョンを封印すると、その地点の魔力濃度は当然下がる。これは他の地域と均《なら》されるだけなんだけど、それまでとは違う状況、つまり魔力異常だ」

バストーラは手を横にスライドさせて魔力濃度の勾配を表した後、続ける。

「そして、魔機獣は魔力異常を検知して突っ込んでくる」

「もしかして、ダンジョンを封印すると魔機獣が寄ってくるんですか？」

「そういうこと。加えて、ダンジョンを封印したからって魔物が消えてなくなるわけじゃないよ。商業ギルドが懸念するような魔物資源の枯渇は一瞬ではやってこない。もう一つ言うと、ここは第十二階層、私らは戦闘そっちのけで最奥を目指しているから、第九階層からここまでほぼ丸々魔物資源が残っていることになる」

バストーラの解説を聞いて、ユーフィは感心したようにこの意趣返しの発案者であるトールを見る。

「つまり、ダンジョン攻略で不景気になるどころか、特需が来るんですか。誰も損をしない意趣返し？」

ユーフィのまとめにバストーラは頷いて、最後に結論づける。

「商業ギルドの連中、いまごろは泡を食ってるはずさ。いま冒険者に睨《にら》まれたら誰一人戦利品を持ち込まないからね。そこまで経験でわかってるからこそ、そこのソロBは躊躇《ちゅうちょ》なくこんな意趣返しをしてるんだろう。双子が逆恨みされる可能性があったら、フラーレタリアを無視して別のところに行ってただろうからね」

「歳を食うと余計なことまでしゃべる」

「お、やんのか、赤雷！　口喧嘩《くちげんか》限定で買うぞ、こら！」

威勢がいいのか悪いのかよくわからない啖呵《たんか》を切るバストーラを無視して、トールは立ち上がる。

「そろそろ行こう。多分、最奥が近い」

その日の夜、トールたちは第十三階層へと続く坂道を発見した。

第十一話　ダンジョンボス

黒い半透明の坂道を下っていく。

坂の先から強烈な気配が漂ってきて、ユーフィとメーリィが恐々と身を寄せた。

先頭に立つトールが片手をあげて、全員に止まるよう指示を出す。

「ボスがいるな」

「魔力も濃い。最奥だろう」

岩塊《がんかい》のフドゥたちが同意する。

鞘討《さやう》ちを代表してバストーラがトールに方針を尋ねた。

「突っ込むかい？　群れるタイプだと厄介だよ？」

「ユーフィ、メーリィ、炭酸ポーションを準備してほしい。もうボスの縄張りに入っているはずだ。群れるタイプなら調合中に斥候役が坂を駆け上がってくるだろう」

「わかりました」

早速、ポーションと沸騰散《ふっとうさん》、水、ガソジンをフドゥたちから預かって調合を始めながら、ユーフィが坂道の先を指さす。

「魔物は階層の間を行き来しないと聞いたことがありますが、坂道を上がってくるんですか、斥候役は」

「それは俗説だ。魔物にも慎重な奴がいて、この半透明の坂を警戒する場合が多い。だが、それでも魔力が濃い場所や獲物を求めて坂を移動する肝が据わった奴もいる。そんな奴の中でも一番強いのがボスだ」

説明しながらも、トールの視線は坂の先に向けられている。

獣臭はない。臭いを発しない綺麗《きれい》好きな魔物やスライムなどの不定形はこのダンジョンで遭遇しなかったため、ボスになっている可能性は低い。

頻繁に第十二階層で狩りをする魔物ではないなら、罠《わな》を張っている可能性がある。

「蜘蛛《くも》かな？」

第十一階層で見かけた蜘蛛の魔物を思い出す。

岩肌に擬態し、粘着性の糸を振り回して獲物を捕らえる投げ縄蜘蛛のような魔物だが、大きさは三メートル近くあった。

「炭酸ポーションの調合ができました。小瓶に小分けしたので、各自二本ずつ持ってください。どちらも治癒ポーションです」

ユーフィが岩塊や鞘討ちに配り、メーリィがトールに直接手渡しに来る。

「ボスは強いんですよね？」

「種類によるが、魔機獣二機と同等以上だと言われている。二人は十三階層入り口で待機していてくれ。岩塊と一緒に退路の確保を頼む」

ダンジョン最奥は魔物たちが奪いあう魔力の濃い地点だ。上の階層から腕自慢の魔物がやってくることも多く、ボスに敵《かな》わないとみて撤退に移るも上層階から来た魔物に鉢合わせし、追ってきたボスと挟み撃ちにされる場合もある。

ボス戦に集中するために後方の安全は確保しておきたい。

「私らはどうすればいい？」

バストーラが炭酸ポーションをしまいながら聞いてくる。

「ボスがつがいだったり、子がいた場合に対処を頼む。ボスが一体ならひとまず俺が相手をして様子を見るから、封印魔機の操作だ」

「任せな。封印魔機を使うのは久しぶりだよ。フドゥ、封印魔機を貸して」

円筒状の封印魔機をバストーラが受け取ったのを確認し、トールは先頭を切って坂道を下り始める。

徐々に気配が強くなってくる。しかし、物音は聞こえない。

第十三階層は黒い壁に囲われた部屋だった。五十メートル四方の正方形であちこちに第十二階層から持ち込まれたと思《おぼ》しき岩が転がり、ボスのおやつかはたまた歴代のボスの残骸か、骨や羽根、甲殻が転がっている。

トールは天井を見上げた。

五組の赤い目がトールを見下ろしていた。

五組の目が一つの顔についている。それが天井の色と同化した黒い蜘蛛の魔物の目だと認識した瞬間、足元が動いた。

「――罠かよ」

ぐっと、床全体に張り巡らされていた蜘蛛の糸が天井へと巻き上げられる。それは投網の回収のようだった。

トールは鎖戦輪《くさりせんりん》を横に一閃《いっせん》し、周囲の糸を切り裂く。

罠を抜けられたことを察した蜘蛛の動きは速かった。

裂かれた網をトールの頭上へとかぶせるように投擲《とうてき》し、動きを阻害しつつトールの死角へと移動する。

トールは頭上に投げられた網を横に飛んで回避しつつ、蜘蛛の動きを捉えて転がっていた魔物の甲殻の上を鎖戦輪で一閃する。

蜘蛛が手繰り寄せようとしていた糸を放棄した。甲殻につながった糸を引くことでトールの背中に甲殻をぶつける策が見破られたからだ。

蜘蛛が新たに糸を作り出し、投げ縄の要領で投げてくる。

まだ罠が残っているだろうな、と思いつつトールは糸の軌道を正確に読んで回避した。

「やりにくい……」

蜘蛛は天井を動き回っている。投げ縄を利用するだけあってトールの鎖戦輪の間合いを理解し、天井までは届かないとわかっているからだろう。

また、天井付近にきらきらと光を反射する細い糸がいくつも見える。跳躍して近づこうものなら天井付近に張られた蜘蛛の糸に絡めとられるのだろう。

蜘蛛の動きも速い。

トールは腰のポーチに無造作に手を突っ込み、鉄製のマキビシを取り出した。

同時に、鎖戦輪で投げ縄を迎撃する。

赤雷《せきらい》が激しく輝き、蜘蛛の糸を焼き切った。

驚いたように蜘蛛が糸を手放す。

投げ縄を迎撃した鎖戦輪は勢いを増しながら、床に落ちていた魔物の残骸を宙に打ち上げた。

「ほらよ！」

トールが腕を横に薙《な》ぐ。鎖戦輪の先端が音速を超え、空気が押しのけられる破裂音が響いた。

宙に打ち上げられた残骸が鎖戦輪に弾《はじ》き飛ばされ、天井の蜘蛛へと襲い掛かる。

蜘蛛はすぐさま反応し、糸を噴き出して残骸を迎え撃った。

糸に絡めとられて撃ち落とされたかに見えた残骸だったが、勢いは止まるどころか加速する。

驚きのあまり硬直する蜘蛛に加速した残骸が衝突した。

衝撃で天井から落ちる蜘蛛に向かって駆けながら、トールは鎖戦輪を床に振り下ろす。

赤い雷が散り、食い込んでいた残骸ごと鉄製のマキビシが磁力にひかれて鎖戦輪を追いかける。

蜘蛛が天井に戻るべく糸を投げるが、磁力の吸引と反発を操作された残骸が巧みに射線上に割り込んで阻止する。

地面に墜落した蜘蛛は受け身を取ってその場を飛びのき、降り注ぐ残骸を回避した。

しかし、トールはすでに蜘蛛を間合いに捉えている。

蜘蛛が牙をむいて威嚇する。

「どうせ、毒だろ」

蜘蛛の口から液体が飛び出すのを見るまでもなく、トールは経験から予測して回避行動に移っていた。

鎖戦輪を横に投げ、床に食い込ませると磁力で自分の体を引き寄せる。蜘蛛の横へと瞬時に移動したトールは床に食い込んだ戦輪《チャクラム》の輪の中に右足のつま先を入れて上に蹴り上げ、戦輪《チャクラム》を引き抜いた。

「トドメだ」

鎖戦輪が蜘蛛の頭を切り落とす。

虫系統の魔物の生命力の高さを警戒して、トールはさらに鎖戦輪を横に振り抜き、蜘蛛の脚をすべて切り落とす。

念のため後方に飛びのいて距離を取ったときには、蜘蛛の魔物はピクリとも動けなくなっていた。

トールは入り口へと目を向ける。

戦闘の終了を見て、ユーフィとメーリィが駆け寄ってきた。

「お疲れさまです。トールさん、お怪我《けが》は？」

「この通り無傷だ。封印魔機は仕掛けたか？」

「バストーラさんたちが言うには、部屋の奥まで行かないといけないそうです。ただ、蜘蛛の罠が仕掛けられているから迂闊《うかつ》に踏み込めなかったと」

「そうか。バストーラ、封印魔機をしかけてくれ」

「いまやるよ」

バストーラたちが部屋の奥へと走っていく。

部屋の奥には黒い靄《もや》のようなものが渦巻いていた。

メーリィが黒い靄を見つめる。

「あれがダンジョンの核ですか？」

「らしい。あれを封じると、そのダンジョンではもう魔物が発生しなくなる。繁殖している場合は別だけどな」

作業を見届けるため、トールも双子を連れてダンジョン核に近づいた。

旧文明が開いたという異世界への門がこのダンジョン核だと言われているが、どこにつながっているのかは不明だ。帰ってきたという記録がないためである。

バストーラが円筒状の魔機の蓋《ふた》を開き、中に手を入れ、ハンドルを回して起動する。

魔機の表面に魔法陣が浮かび上がった直後、直径二メートルほどの球状の封印が展開してダンジョン核を呑《の》み込んだ。

原理としては、ダンジョン核の魔力を封印魔法の維持に使用するというもので、ダンジョン核が消滅しない限り封印が維持される。

バストーラが一仕事やり遂げて満足そうな顔をした。

「封印完了っと。帰るぞい、皆の衆」

目的を達成し、トールたちはその場を後にした。

第十二話　攻略報告

ダンジョンを出たトールたちを迎えたのは冒険者ギルドの職員だった。

魔力濃度が下がったことでトールたちが封印に成功したと判断し、商業ギルドなどのやっかみを受けないうちに保護するべく待っていたらしい。

職員と共にトールたちを待っていた冒険者たちが歓声を上げる。

「ざまぁみやがれ、商業ギルド！」

わいわい騒ぎながらフラーレタリアの防壁をくぐれば当然住人の目を引いた。

ダンジョン内の魔力濃度が下がって数日、封印成功の報はすでに周知されており、混乱は大きくない。

「……やはりというべきか、あまり喜ばれてはいませんね」

メーリィが小さく呟《つぶや》く。

「放っておけ。すぐに涙を浮かべて仕事をする羽目になる奴らだ」

素直に封印成功を喜べない住人の複雑そうな視線を無視し、トールたちは報告のため冒険者ギルドに向かった。

ギルドの一階で待っていたのはフラーレタリア支部長だ。

「まずは、よくやってくれた。封印成功、おめでとう。報酬は用意している。報告書は明日でよい。……わしは寝たい」

目の下に濃いクマができているフラーレタリア支部長は疲れきった声で呟いた。

案内してくれた職員がトールに耳打ちする。

「封印の正当性の説明をフラーレタリア議会でやったり、商業ギルドに魔機獣の襲撃が来ることを説明したり、ダンジョン封印後を見越して防衛戦力を整えるよう衛兵や議員に根回ししたり、外部のギルド支部に応援を打診したりと大忙しだったようです」

「あぁ、なんかすまん。序列持ちが二組もパーティを組んで封印目的に潜ったら、事前に手を打つわな」

通常の攻略であれば、一階層進むごとに一度地上へ戻り、対策と報告を済ませてから再度潜る。そうでなければ仮に全滅したとき、到達階層の更新がされないばかりか、ギルドは情報を何一つ得られないからだ。

しかし、序列持ちが二組ともなれば魔物しか出ないダンジョンなど強行突破しかねない。

事実、トールたちは一度も地上に戻らず封印にこぎつけた。

封印の報告どころか最深部到達の報告すらない中、ダンジョン封印の成功を前提に根回しする難しさ。支部長が周囲をどう説得したのかわからないが、疲労の具合から見て苦労のほどがうかがい知れる。

支部長は眉間を揉《も》んだ。

「いや、謝罪はいらんよ。事前に報告が上がったら商業ギルドがどんな妨害をしたかもわからんからな。あのわからず屋どもにはいい薬だ。わしも薬が欲しいがな」

「炭酸ポーション、いりますか？」

「……もらおう」

メーリィの申し出に少し悩むそぶりを見せた支部長だったが、誘惑に抗《あらが》いきれず欲しがった。

本来は冒険者たちが依頼達成までの計画を話し合うときに使うテーブルの空きを見つけたユーフィとメーリィが余ったポーションと沸騰散《ふっとうさん》で炭酸ポーションを調合し始める。

調合過程を見るのが初めての冒険者たちや支部長が興味津々で手元を覗《のぞ》き込み、二酸化炭素が湧き上がるシュワッという音を聞いて感心したように唸《うな》った。

「本当に炭酸を作っている」

「こうやって作ってたのか。原理がわからん」

メーリィがガソジンから炭酸ポーションを取り出してコップに注《つ》ぎ、支部長に差し出した。

受け取った支部長は物珍しそうに炭酸ポーションを眺める。前線を退いて事務仕事や外部との調整が主な仕事になっている支部長にとって、炭酸ポーションは縁遠いものだったのだろう。

「どれどれ」

コップを傾けた支部長は飲みなれない炭酸に一瞬眉をひそめたが、見る見るうちに体力が回復したのを感じたのだろう、驚いたように左手を握ったり開いたりして感覚を確かめた。

「こうも効き目が違うのか。病みつきになりそうだ」

「薬ですので、頼るのはよくありませんよ」

「あぁ、すまん、すまん。しかし、これはすごい。商業ギルドの連中の罪深さがよくわかるな」

よほど感銘を受けたのか、商業ギルドに若干の敵意をにじませる支部長に周囲の冒険者たちが深く頷《うなず》いた。

トールはその時、双子が一瞬にやりと笑ったのを見た気がした。

ユーフィが支部長から空のコップを受け取りつつ話しかける。

「実は、今後こういった事態が発生しないように一つ提案があるんです」

「提案?」

「はい」

ユーフィとメーリィが両手を合わせて小首をかしげる。

あざとくも可愛《かわい》らしいポーズの双子を見た支部長は、孫にお小遣いをねだられた祖父のような顔をした。

しかし、自分がだらしない顔をしたのを自覚したらしく、軽い咳払《せきばら》いをしたあと支部長らしい厳《いか》めしい顔に戻した。

「君たち双子の炭酸ポーションは多くの冒険者の命を救った。今後も救うだろう。そんな君たちの提案だというなら、聞いてみよう」

「では、遠慮なく。ブランド化による品質保証と冒険者ギルドへの委託販売による普及とその運転資金を稼ぐためにワイン蔵や錬金術師ギルドとの提携を提案します」

「具体的には温泉町とコラボしてすでに周知されている炭酸ポーションの即効性を印象づけつつブランド化と品質保証を同時に達成」

「う、うむ？」

「今後の普及に当たりフラーレタリア商業ギルドと同様の行動に出る者が現れないよう冒険者ギルドが後ろ盾になりつつ、主な消費者である冒険者への直接窓口として機能してもらいます」

「また、各地への普及を行うためには炭酸ポーションが必要ですが、この製造費用を稼ぐためにワイン蔵と錬金術師ギルドを巻き込みます。ワイン蔵にはスパークリングワインの製造を条件に

――」

「待て、待て、仕事を大量に増やすな！」

「――美味《おい》しかったですか、炭酸ポーション？」

飲みましたよね、とにっこり笑うユーフィに、支部長は引きつった笑いを浮かべた。

効果をその身をもって実感し、これが普及すれば冒険者が助かることも表明してしまった。

冒険者をまとめるギルドの支部長という立場上、双子の提案を断るわけにはいかない。

「……経理担当と話をしてからだ」

「大丈夫です。数日は待ちますよ」

支部長があっさりと丸め込まれる流れを見ていた冒険者たちが怯《おび》える。

「序列持ちのツレ怖え」

「炭酸ポーション普及させたらあの双子ちゃんも序列持ちになりそう」

成り行きを見守っていたトールを岩塊《がんかい》のフドゥが肘でつついた。

「あんたの仲間、したたかだな」

「俺がちょっと抜けてるから、頼りになるんだ」

呼び出された経理担当と軽く話をしてから、双子が戻ってくる。

「トールさん、ちょっとお金が入りましたし、しばらく時間も空きましたので温泉町に行きましょう」

「ダンジョンでの疲れを癒《いや》して商談に臨みたいです。問題解決に力を貸してくれた、岩塊、鞘討《さやう》ちの皆さんもご一緒にどうでしょうか？」

メーリィがトールの腕に抱きつき、返事も聞かずに温泉町へ歩きだす。ユーフィがダンジョン攻略パーティを誘うと、フドゥもバストーラも二つ返事で了承した。

早速温泉地に向かおうとするトールたちを支部長が呼び止める。

「ちょっと待ってくれ。商業ギルドの重鎮が謝罪に来るはずだ。みそぎを済ませないとここの連中も納得しないから、付き合ってくれないか？」

すでに支部長の説明を受けてこれから特需が来ることを知った商業ギルドが手のひらを返したらしい。

メーリィがトールを見上げる。

「どうしましょうか？」

「二人が決めるといい。直接被害を受けたのは二人なんだからな」

「……そうですね。待ちましょうか」

何か儲《もう》け話を考えているな、とトールはメーリィとユーフィの表情から読み取った。

第十三話　思い出の品

商業ギルドから使者がやってきたのは夕方だった。

昼の時点ですでに会食の席を整えるとの通知があったため、ユーフィもメーリィも身だしなみを整えている。

「トールさん、意外と緊張していませんね」

「お相手はフラーレタリアの議員も務める商業ギルドの重鎮ですよ？」

「吠《ほ》え面《づら》かかせたばっかりだからどうにもなぁ……」

ダンジョンの封印に成功したことで商業ギルドは相当に慌てふためいたことだろう。封印を行った当事者であるトールは精神的に優位に立っていた。

失礼のないよう、トールも身だしなみは整えているが緊張はしていない。

使者が用意した魔機車に乗り込む。

魔機獣が体内に持つ高純度魔石を燃料とする魔機車は維持費だけでもかなりの額になる。そんな高価な魔機車での出迎えは相手の本気をうかがわせた。

しかし、トールは特に驚く様子もなくさっさと乗り込んだ。

トールは地球で自動車に散々乗っている上、魔機車の維持費の大半を占める高純度魔石ならば何度も魔機獣を倒して手に入れ、市場に流している。多少の物珍しさはあっても、気後れするはずもない。

平然としているトールに、使者の方が慄《おのの》いていた。

トールに続いたユーフィとメーリィも気にしていない。ウバズ商会の跡取り娘であった二人は商品の運搬に使用される魔機車を何度も見ている上、塩の専売権を持っていたため町議会の送迎で魔機車に乗っている。

当然とばかりに魔機車に乗り込み、革張りの座席に座り込んで使者を見た。

なんでこの人は一向に扉を閉めようとしないのだろう、と不思議そうな顔をしている。自分から扉を閉めるという発想が欠片《かけら》もない。

その振る舞いが出自を物語っていた。

使者は扉を閉める。

ギルドの重鎮は、魔機車での出迎えで先制攻撃し、気後れさせるつもりだったはずだ。

だが、一筋縄ではいかないだろうと使者は雇い主を心配した。

ユーフィが座席の質を確認する。

「魔物革ですね。しなやかで手触りがいいです」

「手入れは大変そうですね」

「噂《うわさ》によれば、旅に使える大型の魔機車も開発されているそうですよ」

「トールさん、地球にはキャンピングカーなるものがあると物の本で読んだことがあるのですが」

「あぁ、友人の家が持ってたな。ちょっと中を見せてもらったこともある」

「後で詳しく聞かせてください。せっかくお金が入ったのですから、欲しくはありませんか、移動拠点？」

ユーフィにねだられて、トールは少し考える。

フラーレタリアに定住するつもりがない以上、これからも旅をすることになる。移動拠点は確かに便利だろう。

いつ地球に戻されるかもわからないため物を持つことにほのかな抵抗があったトールだが、いまは双子がそばにいる。無駄にはならないとも思えた。

「二人が運転を覚えることが条件だな」

「決まりですね。では、次の目的地はファンガーロです」

旅程などを話しているうちに目的の料亭に到着し、トールたちは魔機車を降りる。

意外と揺れもなく快適な移動手段だったと、トールは魔機車の購入にかなり前向きになっていた。

料亭に入ると、中は貸し切りになっていた。

商業ギルドの重鎮にしてフラーレタリア議員の一人、マテイコは表面上は和やかにトールたちを歓迎する。

「こんばんは、あなた方が炭酸ポーションの開発者ですね。お会いできて光栄です。今回は急な招きに応じてくださりありがとうございます。ささ、どうぞ席へ」

自ら席を引いて歓待するマテイコに、ユーフィとメーリィは愛想笑いをして礼を言う。

全員が席に着くと、すぐにワインが運ばれてきた。

「まずは乾杯をしましょうか」

グラスを掲げて乾杯し、ワインを一口飲むとマテイコはさっそく本題を切り出した。

「この度は誠に申し訳ないことをいたしました。最初に話し合いの場を持っていれば、ご迷惑をおかけすることもなかったと、我々は後悔するばかりです。炭酸ポーションは素晴らしい商品であり、冒険者の救世主です。だからこそ、我々は自分勝手にも焦ってしまった。開発者であるお二人に対しても、命を張って戦ってくださっている冒険者、衛兵の皆様に対しても、背信行為であったと気づきました。改めて、申し訳ありませんでした」

頭を下げるマテイコに、ユーフィとメーリィは穏やかに微笑《ほほえ》んでいた。

トールは首筋にピリッと何かの刺激を感じた。それは強力な魔物や魔機獣の縄張りに踏み込んだときの危機感にも似ている。

余計なことは言わないほうがいいな、とトールは無言を貫いて様子を見ることを決意した。

メーリィが口を開いた。

「謝罪をお受けしましょう。何より、もう誤解は解け、お互いに被害を最小限に食い止める段階です。いがみあうより手を取りあうほうが利益になる。そうでしょう？」

「そう言っていただけるとありがたいです。もちろん、関係者には相応の罰を与えます。私自身も炭酸ポーションに関する議案を提出した後、折を見て議員職を辞するつもりでいます」

罰則を与えることは世間的にも必要な措置であり、理解が得られるのは当然と考えていたマテイコだったが、ユーフィの感想は斜め上をいっていた。

「それは嬉《うれ》しい知らせですね」

「……嬉しい知らせ、とは？」

和解を表明した後に、罰則について嬉しいというのは角が立つ表現だった。

だが、口を滑らせたという様子でもない。双子は明らかに、場慣れしていた。言葉の裏を探りあい、言葉尻をとらえてやり込めることも辞さない世界の人間だとマテイコの嗅覚が告げている。

嬉しい知らせ、という表現には何らかの意図があるはずだった。

ユーフィが笑みを浮かべたまま切り出す。

「計算ができる方々が職を辞するなら、その方々を冒険者ギルドが雇い入れてもいいですよね。例えばそう、贖罪《しょくざい》を兼ねて炭酸ポーションの普及に手を貸す、とか」

「ほぅ……。しかし、冒険者が受け入れますかね？」

「マテイコさんは温泉町と関係が深いと聞いています。炭酸ポーションブランド化の口利きとして間に入れば、感謝されこそすれ、恨まれることはありませんよ」

双方に益がある提案だった。

一考の価値がある、とマテイコがワインを飲む時間を利用して素早く計算していく。

マテイコがある程度の答えを出すのを待って双子は続きを口にした。

「ダンジョン封印により魔機獣が来ることが予想されます。ですが、魔機獣討伐の特需も一時的なもの、いわば新たな産業構造を再構築するための準備期間にすぎません」

「ふむ。その口ぶりでは今後の産業構造に関しても提案があるようですが？」

すでにマテイコは商談に臨む心構えができていた。

目の前の双子は話がわかる。自分と同じく商人としての視野を持っている。そう確信できたからだ。

ただの謝罪のための会食だと思っていたが、想像していなかった利益をもたらしてくれるかもしれない。

何より、冒険者ギルドと商業ギルドの橋渡しを行える双子の立場はマテイコたちには得難いものだ。

メーリィが具体案を口にした。

「ダンジョンの利用方法について提案です。ワイン原料のブドウ生産、スパークリングワインと合わせやすい料理や加工食品の研究と生産を行い、温泉町に流してはどうでしょうか？」

「それについてはすでに取り組みを始めている商店がありましてな。今回の一件で我々が直接支援するのは外聞が悪いと、支援金を受け取ってもらえないでいましてね」

「炭酸ポーションの普及はスパークリングワインの普及と同時進行するのが宣伝面からみて効率がいいと冒険者ギルドでも結論が出ています。そこで、フラーレタリア商業ギルドの流通網を利用させていただきたいんです」

これは双方に利益があり、冒険者ギルドについては説得済みであることを強調したメーリィの後をユーフィが引き取った。

「マテイコさんが率先して動いてくだされば、冒険者ギルドからも助け船が出せます。双方のギルドが融和姿勢を示せば説得は容易でしょう」

マテイコはしばらく双子の提案を吟味すると深く頷《うなず》いた。

「フラーレタリア議員として請け負いましょう。そして、一住人として、特需後のフラーレタリアを心配して知恵を貸してくれること誠に嬉しく思います。感謝を」

「私たちにも利益があることです」

「そうでしたな。ユーフィさんとメーリィさんへの報酬が必要でしょう。和解が外部にも伝わるような報酬が良いのですが、今回の一件は商業ギルドの過失によるものでフラーレタリアから勲章を出すなどはできません。商業ギルドの手に負える範囲で望みを叶《かな》えたいと思います。何か希望はありますか？」

マテイコが尋ねると、ユーフィとメーリィはほぼ置物と化して口を閉ざしているトールを見た後、笑みを浮かべた。

「フラーレタリア産のスパークリングワインの優先購入権が欲しいです。料金は正規料金で支払います」

てっきり、スパークリングワインや炭酸ポーションの利権がらみの要求が来ると思っていたマテイコは意外な要求に一瞬、思考停止した。

「……それだけでいいのでしょうか？」

意図が掴《つか》めずに困惑しながらも問いかけるマテイコに、ユーフィとメーリィは頷く。

「十分です」

声をそろえて満足そうに微笑まれては、マテイコも何も言えなかった。

会食を円満に終えて、トールたちは料亭を後にする。

送迎の魔機車を断り、のんびりと夜道を宿へと歩いて帰る。

トールはお土産に持たされた菓子折りを片手にぶら下げて、星空を見上げた。

「なぁ、報酬の件、本当に優先購入権だけでよかったのか？」

双方の立場を考えればもっと大きな要求も当然の権利として通せたはずだった。

ユーフィとメーリィは機嫌よくつないだ手を前後に振りながら答える。

「思い出の品が手に入らなくなるのは悔しいですからね」

「私たちが史上初めて口にしたんですよ。三人の思い出の品としていつでも手に入るようにしないといけません」

「そう簡単に手に入らなくなるとも思えないけどな」

機嫌がよさそうな二人を見れば、それ以上は言う気も失《う》せた。

トールも、三人で少し苦いスパークリングワインを飲んだあの夜はいい思い出になっていたのだから。

「明日はみんなで温泉町、その後は三人で魔機都市ファンガーロですね！」

「どうせ魔機車を買うならやっぱり、欲しいですよね、ワインクーラー」

「飲みたいだけになってないか？」

笑いながら、三人は宿までの道を少し遠回りして歩いた。

エピローグ

「結果的に、いくらになったんだい？」

炭酸泉の気泡を興味深そうに眺めながら、鞘討《さやう》ちのバストーラが隣のユーフィに問いかける。

足湯に浸《つ》かりながら、ユーフィはバストーラの質問に答えた。

「炭酸ポーションの権利諸々《もろもろ》は冒険者ギルドに、沸騰散《ふっとうさん》はフラーレタリアに、それぞれ売りました。合わせて、クッズム金貨百枚」

「人間なら、一生遊んで暮らせるね。いや、双子そろってとなると足りないか」

「全部、魔機車の購入資金にします」

「……赤雷《せきらい》のツレだけあって金銭感覚がぶっ飛んでるね」

バストーラはユーフィとメーリィを呆《あき》れた視線で見る。

金の使い道などいくらでもあるのに、よりにもよって魔機車を買うとは、といった感想らしい。

「あんなもの、金食い虫なだけだよ？　大規模なクランなら物資の運搬用に持っていてもいいかもしれないけど、移動でただ楽をするために買うと維持費で赤字だ。やめときな」

「お金ならいくらでも稼げるので」

「うわっ、言ってみたいな、その台詞《せりふ》！」

バストーラが大げさに驚いてみせる。

ユーフィの隣に座っていたメーリィがふくらはぎをお湯の中で揉《も》みながら口を挟んだ。

「歩き慣れていないので足が欲しいんです。それに、トールさんにはいろいろと物を持ってもらいたいと思いまして」

「へぇ。なんで？」

「秘密です」

「そこまで言っておいて？」

バストーラは不満そうな顔をするが、ユーフィもメーリィもトールのプライベートにかかわることを話すつもりはなかった。

そろそろ上がろうと、ユーフィとメーリィは湯から足を出す。

「あたしはもうちょい浸かってるよ」

「そうですか。のぼせないように気をつけてくださいね」

バストーラを置いて、双子は脱衣所に向かう。

手早く着替えて廊下に出ると、休憩室でトールが地図を広げていた。

ユーフィとメーリィは思考共有で示し合わせると、トールの後ろから音を立てずに近寄る。

「……何をしてるんだ、二人とも」

「気づかれましたか」

「さすがは序列持ち」

「いや、マジで何をしようとしてたんだ？」

普通に声をかければいいだろう、と怪訝《けげん》な顔をするトールに、双子はそろって悪戯《いたずら》っぽい笑みを浮かべる。

「後ろから目をふさいで、私たちを言い当てられるか実験してみようかと」

「いくら何でも、声だけを頼りに当てるのは無理だぞ」

双子だけあって声の質も同じだ。判別は至難の業である。

「だからこそ面白いゲームになるんですよ？」

「仲間の名前を間違えるのは嫌だから、これでもかなり気を配ってるんだぞ？」

「仲間と言われては仕方がありません。じゃれるとしましょう」

「なぜそうなる」

トールの後ろに回り込んだ双子は視界をふさぎにかかる。

首をひねって双子の手を交わしたトールは、二人の腕を引いて椅子に座らせた。

双子はトールが見ていた地図を覗《のぞ》き込んだ。

「ファンガーロへの道順を調べているんですか？」

「あぁ。あのあたりは魔機獣が多いから、野営できる場所も限られる。所々で強行軍になるから、

二人とも覚悟しておけよ」

「ファンガーロにたどり着けば魔機車の旅になるんです。それまでの辛抱なら、我慢できますよ」

「頼もしいね」

トールは笑いながらも、可能な限り二人の体力に合わせた日程を考えているらしい。

双子がじっとトールを見つめた。

視線に気づいたトールは二人を交互に見て、気圧《けお》されたような顔をする。

「なんだよ？」

「いえ、旅の日程も大事ですが、せっかく温泉町に来たんですから美味《おい》しいものを食べたいな、と」

「俺の金がなくても、二人なら自腹でいくらでも食べられると思うが？」

「別にお金を当てにしているわけではないと、わかって言ってますよね？」

ユーフィとメーリィに睨《にら》まれて、トールは苦笑する。

組みかけの日程だけ紙にざっと書いて地図と一緒に折り畳み、立ち上がった。

「一緒に食べに行くか」

「行きましょう。鞘討ちさんたちや岩塊《がんかい》さんたちはまだお風呂ですし、今のうちにスパークリングワインで乾杯しますよ」

「ダンジョン攻略記念の祝勝会もあるんだから、あまり飲みすぎるなよ」

スパークリングワインは三人で飲むものという認識が出来上がっているらしい双子に釘《くぎ》を刺しな

がら、トールは双子と共に部屋へ向かう。

トールは部屋に入り、宿の売店で買ったつまみ類を取り出す。

双子がワイングラスを三つ用意して、白ワインを開けた。

慣れた手つきで沸騰散を調合した双子は、ガソジンを使わずにそのままワイングラスに沸騰散を入れて、白ワインを流し込んで反応させた。

ガソジンを使わなかったために多少の苦みがあるそのスパークリングワインを三人分用意して、トールとユーフィとメーリィはグラスを持ち上げる。

「ダンジョン攻略を祝してってのは、バストーラたちとやるとして……どうするか」

乾杯の音頭を取ろうにもちょうどいい文句が浮かばず、トールは双子に意見を求める。

「仲間になった記念に、というのはいかがでしょう？」

「そして記念すべき初めての思い出の品に」

双子が突き出したグラスに、トールもグラスを合わせて澄んだ音を立てる。

「ついでにこれからの旅路に思い出が溢《あふ》れるようにってことで——乾杯」

トールはグラスを傾ける。

細かな気泡が弾《はじ》ける爽快な感覚、注意しなければ感じられないほんのわずかな苦み。

思い出の味となったそれを楽しみつつ、正面に座る双子を見る。

ユーフィとメーリィは美味しそうにスパークリングワインを味わっている。

ダランディの酒場で飲んでいたときは、仲間と酒を傾けて思い出話をする時間など自分に訪れるはずはないと思っていた。

まだ三人での旅は始まったばかりだが、初めて訪れた街ですべてを巻き込むような大騒動を引き起こしたのだ。きっと、これから思い出が増えていくのだろう。

スパークリングワインを飲み干すと、ベースになっている白ワインの甘さが口に残る。

これが思い出の味だというのならもっと味わってみたい。

「……これからは面白くなりそうだ」

呟《つぶや》くと、双子が笑う。

「面白くするんですよ」

「騒動を起こす気満々じゃねぇか」

突っ込みを入れながらも、それはそれで面白いと期待する自分がいることにトールは気づいた。

異世界生活十年目は賑《にぎ》やかな旅になりそうだ。

MFブックス

十年目、帰還を諦めた転移者はいまさら主人公になる 1

2021年3月25日　初版第一刷発行

著者　氷純
発行者　青柳昌行
発行　株式会社KADOKAWA
〒102-8177　東京都千代田区富士見2-13-3
0570-002-301（ナビダイヤル）
印刷・製本　株式会社廣済堂
ISBN 978-4-04-680324-5 C0093

企画　株式会社フロンティアワークス
担当編集　齋藤 傑（株式会社フロンティアワークス）
ブックデザイン　AFTERGLOW
デザインフォーマット　ragtime
イラスト　あんべよしろう

本シリーズは「小説家になろう」（https://syosetu.com/）初出の作品を加筆の上書籍化したものです。

この作品はフィクションです。実在の人物・団体・事件・地名・名称等とは一切関係ありません。

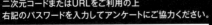